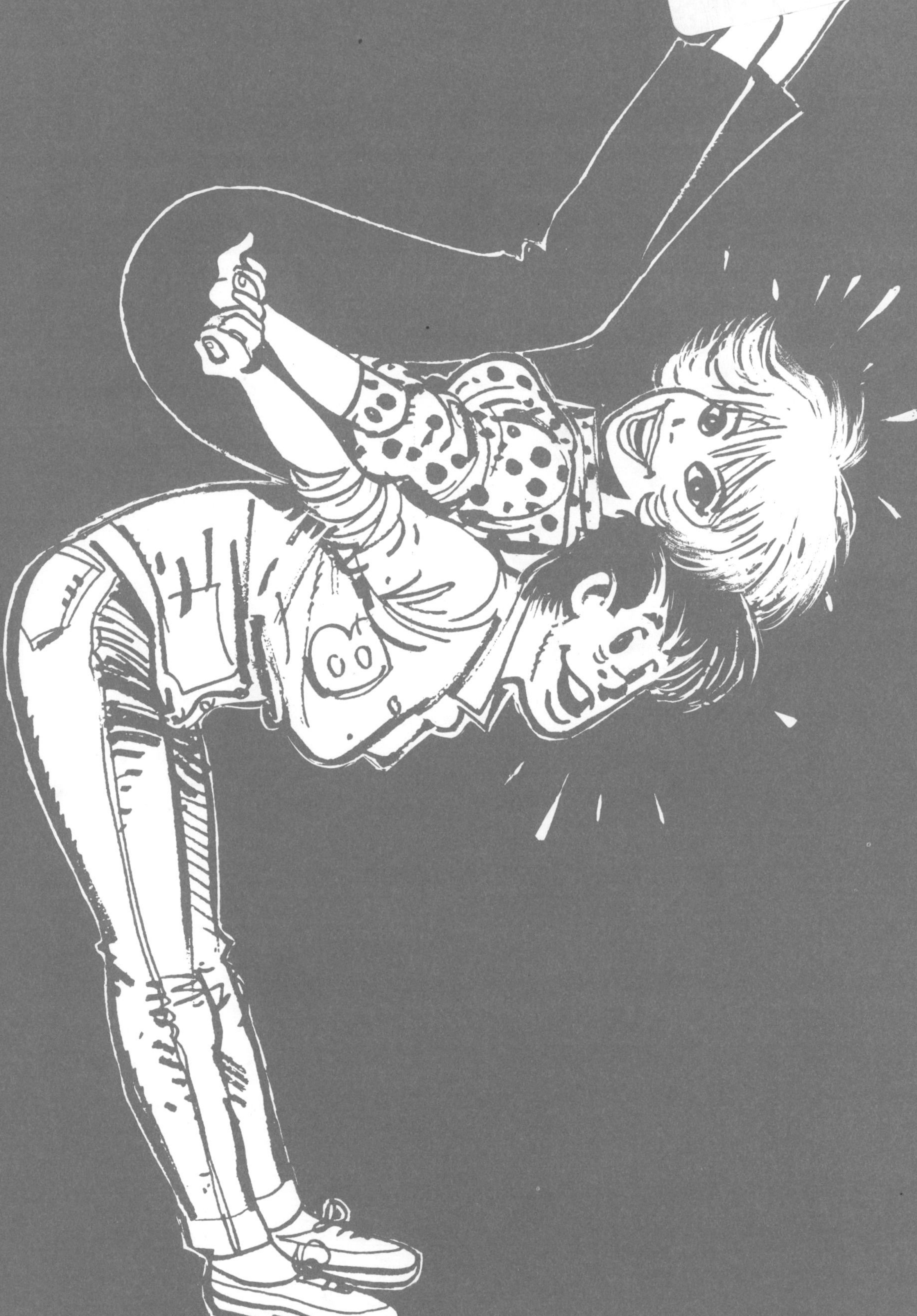

W0472185

Natacha

PAR François Walthéry
AVEC DES DÉCORS DE MITTÉÏ

CAUCHEMIRAGE

SUR UN SCÉNARIO DE MYTHIC

A' THIERRI MARTENS
F.W.

MARSU PRODUCTIONS

MERCI A' GEORGES VANLINTHOUT
POUR SA COLLABORATION GRAPHIQUE

© F. WALTHERY AND MARSU PRODUCTIONS 1989

Tous droits de traduction, de reproduction et
d'adaptation strictement réservés pour tous pays

Dépôt légal: octobre 1989
ISBN 2-950-2211-5-7
ISSN 1011-3819

Imprimé par PROOST SPRL

Printed in Belgium

DIFFUSION FRANCE:
VENTS D'OUEST DIFFUSION
31-33, rue Ernest Renan
92130 ISSY LES MOULINEAUX - FRANCE
Tél.: 16-1-40.93.00.67 ◊ Telex: 202,163

DANS LES KEYS, LONGUE CHAÎNE D'ÎLES ET DE RÉCIFS DE CORAIL AU LONG DES CÔTES DE FLORIDE...
Motel
VITE!!!
ALORS, NED, T'ES CALÉ ?... ON ALLAIT DÉCOLLER SANS TOI!
AAAH, LES VACHES! C'EST DANS CE CHAR QUE VOUS M'AVEZ RAMENÉ HIER SOIR?
VROOOOM
BOURRÉ COMME TU ÉTAIS, TU AURAIS PRIS UN PÉDALO POUR UNE ROLLS...
VOUS VOULEZ MA MORT ?... HEIN? LA VOYANTE DU PATRON M'A PRÉDIT UN ACCIDENT DANS UNE VOITURE IMMATRICULÉE EN FLORIDE!
...ET IL NE S'EST RIEN PASSÉ HIER; TU NE VAS PAS EN FAIRE UNE MALADIE AUJOURD'HUI!
PFFT! N'ALLEZ PAS DIRE AU VIEUX QUE JE NE CROIS PAS AUX PRÉDICTIONS IDIOTES DE SON NOSTRADAMUS EN JUPON!!!
HA! HA! À MOI, ELLE M'AVAIT BIEN PRÉDIT QUE J'APPRENDRAIS À NAGER DANS UN ACCIDENT DE BAGNOLE!
YEAH! OPÉRATEUR RADIO, MUSIQUE, PLEASE!
HO! HÉ! J'AI UNE TÊTE COMME UN JUKE-BOX, MOI!
TAKE A JUMBO CROSS THE WATER LIKE
...AIGLE ROYAL À SOLEIL :... LES GOÉLANDS SE DIRIGENT VERS LE POINT ALPHA! OVER!

... HALL ?!? C'ES TOI, HALL ?!?
MAIS... PAS DE NOM, IMBÉCILE ! SERS-TOI DU CODE, C'EST LA CENTIÈME FOIS QUE JE TE LE RÉPÈTE, B.MAK !
CESSE DE M'APPELER B.MAK ! MON NOM EST BIG !!! BIG MAK !!! !!! LA PROCHAINE FOIS QUE TU M'APPELLES AINSI, TU TOMBERAS SUR UN OS, CARNEGY HALL !
SHUT UP ! ÉCOUTE-MOI, CRÈME D'ANDOUILLE ! LA CHEVROLET A QUITTÉ LE "BLUE LAGON MOTEL" AVEC L'ÉQUIPAGE DE L'AVION ET SE DIRIGE VERS LA BORNE 16 !
ÇA, C'EST DU GÂTEAU !
...NE ROULE PAS TROP SEC, JE VAIS ESSAYER DE ME REFAIRE UNE BEAUTÉ !...
IN TEXAS
VAS-Y, BÉBÉ ! GO !
GO !
VOUFF

?!?
RATÉ !!!
ON... ON ME L'AVAIT PRÉDIT ET JE NE L'AI PAS CRU! PLUS JAMAIS!
SALUEZ VOTRE COMMANDANT DE BORD! SANS SES RÉFLEXES...
IIIIIIH!
KWAK? KAK? KWAK? KWAK? KWAK?
KWAK? KWAK? KWAK? KWAK? KWAK?
... ALORS CHÉRI, IL S'ALLUME CE FICHU BARBECUE ? LES NELSON VONT ARRIVER...
BON! JE VAIS CHERCHER UN PEU D'ESSENCE...
VLABOM

... TU N'AS JAMAIS EU LA MOINDRE NOTION DE LA MESURE ! MA MÈRE ME L'AVAIT BIEN DIT !
... MAIS ... MAIS JE N' AI RIEN FAIT ! ÇA A EXPLOSÉ QUAND J'ÉTAIS AU GARAGE ! REGARDE, ON DIRAIT L'IMPACT D'UN MISSILE !!?...?...
BIEN ! ET QUI VA M'APPRENDRE À NAGER MAINTENANT QUE NOUS AVONS EU TON ACCIDENT DE VOITURE, NED ?...
CAUCHEMIRAGE
PAR F. Walthéry
DÉCORS DE Mittéï
SCÉNARIO : MYTHIC
DEUX HEURES PLUS TARD...
WALTER EST EN RETARD ! IL A DÛ ENCORE FAIRE UNE SACRÉE NOUBA, CETTE NUIT !
OH, J'AI DÉJÀ VU ÇA, HM !...HM ! DITES COMMANDANT TURBO, C'EST QUOI CE 747, JE NE L'AI JAMAIS VU ICI ?
HOTEL
C'EST LE DOMICILE VOLANT DE JÉDÉDIAH LEE CRAWFISH, LE MAGNAT QUI POSSÈDE "CRAWFISH SPACECRAFT", UNE CENTAINE D'ENTREPRISES DANS LE MONDE ET QUATRE CENTS MOTELS OÙ IL NE MET JAMAIS LES PIEDS, CAR UNE VOYANTE A PRÉDIT QU'IL MOURRAIT DANS UN ACCIDENT D'AUTO !
... ET IL HABITE DEDANS ?
HÉ ! NOUS AVONS DÉJÀ VU ÇA, N'EST-CE PAS !... OUI, IL NE QUITTE PRATIQUEMENT PAS SON AVION ET DIRIGE SES ENTREPRISES EN VOL ! IL A ASSEZ DE MILLIARDS DE DOLLARS POUR S'OFFRIR CE GENRE DE FANTAISIE ...
@☆✱! AINSI MON ÉQUIPAGE HABITUEL A ÉTÉ MIS HORS SERVICE PAR UN MISSILE ET UN HORS-BORD QUI NE SONT MÊME PAS FABRIQUÉS DANS MES USINES !
VOUS ÊTES ACTIONNAIRE DE LA Cie "BARDAF" ! ... NOUS POUVONS RÉQUISITIONNER QUELQUES PLACES DE PREMIÈRE DANS UN DE LEURS AVIONS !
MAIS VOUS ÊTES FOU, RAWLING !!! JE NE QUITTE MON AVION QUE LORSQUE LES VÉHICULES DE SERVICE VIENNENT EN COMPLÉTER LE CHARGEMENT, ... JE VOUS ... ... AÏE !
ATTENTION !
I SHOT THE SHE'IFF
DOUBDOUB-BIP DOUBIB-DOUAB...
7 UP
SEVEN UP
4.

!!!
BANG BANG
BANG
HEY MAN! YOU'RE MAD, MAN!
TAKE IT EASY! TAKE IT EASY MAN! C'EST UNE BLAGUE CETTE HISTOIRE DE SHÉ'IF... C'EST JUSTE UNE CHANSON! KEEP COOL, MAN!
...VA LA CHANTER AILLEURS! À PIEDS!
HEY! L'EST CINGLÉ CE WHITEY! SÛREMENT UN RESPONSABLE LOCAL DU KU-KLUX-KLAN!!!
EXCELLENT RÉFLEXE, RAWLING! MILLE DOLLARS DE PRIME!!!... MAIS REVENONS À CETTE HISTOIRE D'ÉQUIPAGE, MAINTENANT! MAIS ?...
LÀ! C'EST QUOI, ÇA ?...
COMMENT, "C'EST QUOI ÇA"?
ÇA, C'EST L'ÉQUIPAGE DU VOL "BARDAF" POUR MEXICO!!!
LA COMPAGNIE "BARDAF"!!! BIEN! RÉQUISITIONNÉ!... ET VOUS, L'HÔTESSE, COMPLÉTEZ-MOI CET ÉQUIPAGE; JE VOUS GARANTIS UN AVANCEMENT DANS...
NON!
C'EST UN GRAND HONNEUR QUE VOUS FAIT MONSIEUR CRAWFISH EN VOUS CHOISISSANT COMME ÉQUIPAGE DE SON SUPER 747!!!
QUE CE PITRE NE S'IMAGINE PAS QU'IL VA POUVOIR NOUS ACHETER COMME UN SIMPLE PUITS DE PÉTROLE!
ZIIIIIIP
AAAH!
RRRLRLRLL
PLAKLONGBOGLONG

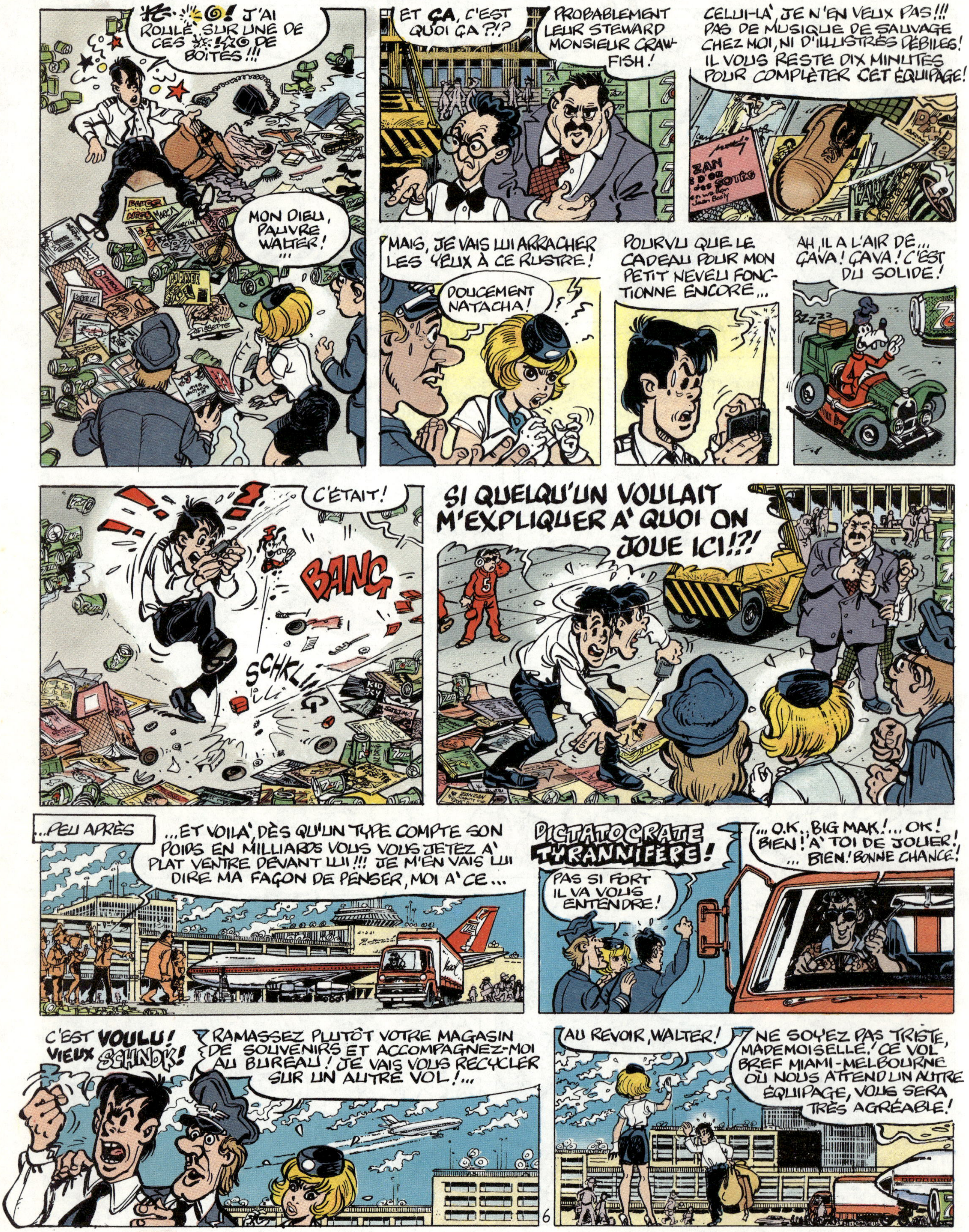
J'AI ROULÉ SUR UNE DE CES DE BOÎTES !!!
MON DIEU, PAUVRE WALTER ! ...
ET ÇA, C'EST QUOI ÇA ?!?
PROBABLEMENT LEUR STEWARD MONSIEUR CRAWFISH !
CELUI-LÀ, JE N'EN VEUX PAS !!! PAS DE MUSIQUE DE SAUVAGE CHEZ MOI, NI D'ILLUSTRÉS DÉBILES ! IL VOUS RESTE DIX MINUTES POUR COMPLÉTER CET ÉQUIPAGE !
MAIS, JE VAIS LUI ARRACHER LES YEUX À CE RUSTRE !
DOUCEMENT NATACHA !
POURVU QUE LE CADEAU POUR MON PETIT NEVEU FONCTIONNE ENCORE...
AH, IL A L'AIR DE... ÇA VA ! ÇA VA ! C'EST DU SOLIDE !
C'ÉTAIT !
BANG
SCHKLIIING
SI QUELQU'UN VOULAIT M'EXPLIQUER À QUOI ON JOUE ICI !?!
...PEU APRÈS
...ET VOILÀ, DÈS QU'UN TYPE COMPTE SON POIDS EN MILLIARDS VOUS VOUS JETEZ À PLAT VENTRE DEVANT LUI !!! JE M'EN VAIS LUI DIRE MA FAÇON DE PENSER, MOI À CE...
DICTATOCRATE TYRANNIFÈRE !
PAS SI FORT IL VA VOUS ENTENDRE !
... O.K., BIG MAK !... OK ! BIEN ! À TOI DE JOUER ! ... BIEN ! BONNE CHANCE !
C'EST VOULU ! VIEUX SCHNOCK !
RAMASSEZ PLUTÔT VOTRE MAGASIN DE SOUVENIRS ET ACCOMPAGNEZ-MOI AU BUREAU ! JE VAIS VOUS RECYCLER SUR UN AUTRE VOL !...
AU REVOIR, WALTER !
NE SOYEZ PAS TRISTE, MADEMOISELLE, CE VOL BREF MIAMI-MELBOURNE OÙ NOUS ATTEND UN AUTRE ÉQUIPAGE, VOUS SERA TRÈS AGRÉABLE !

BONJOUR ! JE ME PRÉSENTE : "MURDOCH FACTOTUM," L'HOMME À TOUT FAIRE DU DOMICILE VOLANT DE MONSIEUR CRAWFISH ! JE SUIS CHARGÉ DE VOUS ACCUEILLIR !
BIEN MALGRÉ NOUS !
... ET PEU APRÈS LE DÉPART DE WALTER.
... UNE FOIS EN VOL, HORS D'ATTEINTE DES VOITURES, MONSIEUR CRAWFISH SAIT SE MONTRER CHARMANT ET NOS PASSAGERS, DES HOMMES D'AFFAIRES, DONNENT SURTOUT DU TRAVAIL AU RADIO POUR PASSER DES ORDRES EN BOURSE !
MAIS ENFIN, ON NE PEUT PAS ATTENDRE L'ARRIVÉE D'UN AUTRE ÉQUIPAGE ?... CE VOL A TANT D'IMPORTANCE ?
LES CONCURRENTS DE MONSIEUR CRAWFISH NE RECULENT DEVANT RIEN POUR L'EMPÊCHER DE RÉUSSIR UNE AFFAIRE ! L'ACCIDENT SURVENU À L'ÉQUIPAGE EN EST LA PREUVE !
MIAMI - AIRPORT
NOUS ARRIVONS D'ANGLETERRE VIA DELHI ET TOKYO ; NOTRE ÉQUIPAGE PRÉCÉDENT RÉCUPÈRE !!! SUR TERRE, MONSIEUR CRAWFISH, SUITE AUX PRÉDICTIONS, EST PARALYSÉ PAR SA PEUR DE TOUT CE QUI ROULE ET EST COMPLÈTEMENT INCAPABLE DE PRENDRE UNE DÉCISION ! VOUS ÊTES SON SALUT !
VOICI VOTRE DOMAINE, COMMANDANT TURBO !
OH LÀ LÀ ! VOUS ALLEZ VOUS Y RETROUVER DANS TOUS CES GADGETS, COMMANDANT ?
OH, J'AI DÉJÀ VU ÇA ! TOUT EST RELIÉ AU PILOTE AUTOMATIQUE ET AUX RADARS ! ET, EN VOL, L'ORDINATEUR ICI, TRADUIT TOUTES LES DONNÉES !
WALTER AURAIT AIMÉ VOIR UN AVION QUI SE PILOTE TOUT SEUL...
N'EXAGÉRONS RIEN ! JE N'AI ENCORE JAMAIS VU D'AVION NE NÉCESSITANT PAS L'EXPÉRIENCE D'UN PILOTE QUI A DÉJÀ VU ÇA !
OUAIS !... HM, ÇA VA ÊTRE MONOTONE SANS WALTER !...

...AH! LORSQUE CE TYPE DE LAMPE S'ALLUME, C'EST QUE MONSIEUR CRAWFISH A BESOIN DE QUELQUE CHOSE! OÙ QUE VOUS SOYEZ, GAGNEZ IMMÉDIATEMENT SON APPARTEMENT CAR IL NE SUPPORTE PAS D'ATTENDRE!
HM! IL NE SUPPORTE PAS GRAND CHOSE, JE PENSE!
OUI, ENFIN IL EST RICHE MAIS RASSUREZ-VOUS, IL N'EN ABUSE PAS!...ICI, C'EST LA SALLE DES TÉLEX; C'EST ICI QUE TOMBENT LES MESSAGES QUE JE LUI PORTE IMMÉDIATEMENT!...LES RÉPONSES REPARTENT PAR LE MÊME CANAL! DANS CET AVION, LE RADIO N'A GUÈRE LE TEMPS DE SE TOURNER LES POUCES!
BON! POURSUIVONS LA VISITE DE NOTRE HOME VOLANT! APRÈS VOUS!...
HA! ATTENTION!

...ÉTONNANT, N'EST-CE PAS ?!?... CETTE PROJECTION HOLOGRAPHIQUE SURPREND, EN GÉNÉRAL, TOUS NOS INVITÉS, MAIS... HUM, J'AVOUE QUE VOUS FAITES PREUVE DE RÉFLEXES ÉTONNANTS !...
...C'EST... C'EST INCROYABLE C'EST PLUS VRAI QUE NATURE !
OUI ! C'EST LE PASSE-TEMPS FAVORI DE MONSIEUR CRAWFISH QUI CONSIDÈRE QUE L'AVENIR APPARTIENT À L'IMAGE EN RELIEF ET EXPÉRIMENTE À BORD LES APPAREILS MINIATURISÉS QU'ÉLABORENT SES INGÉNIEURS...
...VOICI LA COMMANDE QUI PRODUIT CET HOLOGRAMME !!! MONSIEUR CRAWFISH REGRETTE QUE LA SONORISATION DE CES ILLUSIONS D'OPTIQUE NE SOIT PAS ENCORE POSSIBLE !
MAIS ÇA VIENDRA ! LES MILLIARDAIRES SONT DE GRANDS ENFANTS !
VOUS AURIEZ DÛ ME PRÉVENIR QUE C'ÉTAIT D'UNE BABY-SITTER QU'IL AVAIT BESOIN !
...AU MÊME MOMENT SUR LE VOL RÉGULIER DE LA BARDAF...
BR... BRAVO, HIC ! IL V... VA S'ARRÊTER DE BRAILLER ! CONTINUEZ DE LE BERCER HIC !...
...ET NATACHA QUI SE LA COULE DOUCE, ELLE !!!
TU VAS LA FERMER, TOI !
QUAND VOUS AUREZ FINI D'AMUSER LE BÉBÉ, VOUS SONGEREZ À MON WHISKY !
TIENS ?!? À QUOI SERT CE BOUTON ?
DANS CES APPAREILS POUR CLIENTÈLE AISÉE ON BOURRE LE TABLEAU DE BORD DE GADGETS INUTILES POUR FAIRE PASSER L'ADDITION !
TENEZ, JE SUIS PERSUADÉ QUE ÇA VA DÉCLENCHER UNE QUELCONQUE FANTAISIE SONORE DESTINÉE À DIVERTIR L'ÉQUIPAGE...
KLIK
?!
!?

CETTE MONTAGNE ON VA SE LA PAYER !
EN PLEIN OCÉAN !!! JE N'AI JAMAIS VU ÇA !
HMMMPFFT !
VIRAGE À GAUCHE ! VIRAGE À DROITE !!! VIRAGE À GAUCHE !?! NOM DE DE... LEGRAIN...
CELA VIRE AVEC NOUS ! JE N'AI JAMAIS VU ÇA, MOI !!!
GRIMPER ! IL FAUT GRIMPER !
ON EST DEDANS ! TIREZ, MAIS TIREZ !!!
JE NE FAIS QUE ÇA ! CE N'EST PAS UN U.L.M. QUE DIABLE !
ATTENTION ! IL VA DÉCROCHER !
MOI QUI AI DÉJÀ VU TOUT ÇA, JE N'AI JAMAIS VU ÇA !

UN MIRAGE AU DESSUS DE L'ATLANTIQUE, COMMANDANT, NOUS AVONS DÛ SUBIR UN COUP DE FATIGUE!!!
C'EST POSSIBLE, LEGRAIN... MAIS... HUM... MIEUX VAUT NE PLUS TROP MANIPULER LES GADGETS DE CET APPAREIL! JE VAIS BRANCHER LE PILOTE AUTOMATIQUE...
OUAIS!!! APRÈS CES ÉMOTIONS, JE PRENDRAIS BIEN UN CAFÉ TRÈS SERRÉ! COMMENT FAIT-ON POUR APPELER L'HÔTESSE SUR CE ZINC ?!?...
NE TOUCHEZ À RIEN, LEGRAIN! À RIEN! DESCENDEZ PLUTÔT RASSURER LES PASSAGERS... ET RAMENEZ-MOI AUSSI UN CAFÉ TRÈS FORT!
...GRÜSS GOTT! GUI NOUS A VOUTU UN BILOTE BAREIL?!?
UNE FAUSSE MANOEUVRE! EXCUSEZ-NOUS, MONSIEUR HANSVURST!
...JE CROIS, HUM... QUE CES MESSIEURS ONT BESOIN DE VOS SERVICES, MADEMOISELLE!
...MH! JA, JA, NOUS AFOIR BESOIN!
DAMNED! QUEL GASPILLAGE, TOUT CE BON WHISKY RENVERSÉ SUR MON PRINCE DE GALLES!
TECHNIQUE OCCIDENTALE HONORABLE, MAIS PAS ENCORE AU POINT!
HÉ! DITES PAS DE MAL DU PATRON, VOUS, LE JAP!!!
JE VAIS NETTOYER VOTRE VESTON, MONSIEUR TRAVELING. ET LE BAR RESTE OUVERT! MADEMOISELLE NATACHA EST À VOTRE SERVICE!
BEAU ZERVICE!
TRÈS HONORÉ, MADEMOISELLE! JE M'APPELLE BORIS NAKASONÉ, MISÉRABLE PROPRIÉTAIRE D'ACIÉRIES ASSOCIÉES AUX "CRAWFISH-ENTREPRISES"!
HA! ON SE CONNAIT DÉJÀ, LA MÔME! POUR MOI, UN SCREWDRIVER BIEN TASSÉ!
UN SCOTCH DES HIGHLANDS, DANS UN VERRE, PAS SUR MA CHEMISE, PLEASE!
EIN SCHNAPS UND EIN BIER, BITTE!
UN MODESTE SAKÉ!
MH! JE VOUS LAISSE ICI, MADEMOISELLE! SOIGNEZ BIEN LES INVITÉS DE MONSIEUR CRAWFISH, JE VOUS PRIE!
PFFT! UN CARRÉ DE PARVENUS ME FAIT MOINS PEUR QU'UN CHARTER DE HOOLIGANS EN GOGUETTE!

TIENS, OÙ SE TROUVE LE SIGNORE PIPIOLI...? ?!!?
ACH! LE MAL DE L'AIR, NATÜRLICH! CES BEDITES NATURES ITALIENNES FILENT GOMME DU BARMESAN À LA MOINDRE ÉMOTION!
MH! MH! CELA FA ÊTRE UN PON VOYAGE, JE LE SENS!
PATS
OCH!
JE SUIS DÉSOLÉE, MAIS MA MAIN EST VRAIMENT PARTIE TOUTE SEULE!
...HM! NATACHA!
HÉ! QUE VIENT-IL FAIRE ICI, CELUI-LÀ ?!!
NE SOYEZ PAS IDIOT. C'EST NOTRE CO-PILOTE! QUE PUIS-JE POUR VOUS, LEGRAIN?
POLI, HEIN, GROS!
...LE COMMANDANT VOUDRAIT UN DOUBLE CAFÉ BIEN SERRÉ! PFT! À LA RÉFLEXION, MOI AUSSI!
OK! JE VOUS LES APPORTE TOUT DE SUITE, JEAN-PIERRE!
JE N'AIME PAS ÇA! DANS L'AVION DE MONSIEUR CRAWFISH, LE PERSONNEL NAVIGANT EST FAIT POUR NAVIGUER ET RESTER DANS LE POSTE D'ÉQUIPAGE, COMPRIS LA MÔME !?? FAITES PASSER LA CONSIGNE !!!
JE PENSAIS QUE L'ON VOUS AVAIT AFFECTÉE CHEZ LES DOUX DINGUES. IL N'EN EST RIEN !... VOUS AVEZ HÉRITÉ DE FOUS DANGEREUX, MA PAUVRE NATACHA!
HÉ! HO, L'HÔTESSE! CE N'EST PAS LE MOMENT DE TOURNER DE L'OEIL!
OOOOOOOH!

HÉ LÀ! RESTEZ PARMI NOUS!!! SI LA VUE D'UN PETIT CALIBRE VOUS FAIT CET EFFET-LÀ, VOUS DEVEZ ÊTRE TERRIBLEMENT UTILE DANS UNE ATTAQUE DE COMMANDO TERRORISTE!!! MAIS...
MAIS NOM DE *@! C'EST QU'ELLE EST VRAIMENT TOMBÉE DANS LES POMMES!
VLOF
HEY, MADEMOIS...
POK
AÏE!
CONFISQUÉ!
ON NE BOUGE PLUS!
HÉÉÉ!
HÉ! ON RIGOLE, POUPÉE! V... VOUS N'ALLEZ PAS... ?!?
JE VOUS RASSURE TOUT DE SUITE: JE GARDE SIMPLEMENT VOTRE JOUJOU! ON NE MANIPULE PAS CE GENRE DE CHOSE DANS UN AVION! ÇA FAIT DES TROUS PARTOUT!!!
HA! HA! VOUS AVEZ TROUVÉ VOTRE MAÎTRE, MON VIEUX RAWLING!
ACH! UNE VÉRITABLE MATA-HARI! HA! HA!
HA! HA!
PFFT! OUAIS, SI CELA L'AMUSE!

PFFT! SI C'EST ÇA LA TECHNOLOGIE, ON AURA BIENTÔT BESOIN D'UN DIPLÔME D'INGÉNIEUR POUR PRÉPARER UN CAFÉ!... HM... ESSAYONS CE BOUTON-LÀ!
DJINGDJINGDJINGDJIN
BZIOUIIII PSHHHHHHHHH, GLOOOUOUP
BEAUCOUP DE BRUIT POUR PAS GRAND CHOSE...
TOOOOÛÛÛÛÛÛUT
QU'EST-CE QUE C'EST QUE CET AUTRE BRUIT ...?!?
CRAWFISH! URGENCE! IL CHOISIT BIEN SON MOMENT, CELUI-LÀ!!!
TUUUUT
CRAWFISH
ÇA VA! ÇA VA! J'ARRIVE, MONSIEUR CRAWFISH!
TUUUT
... J'ARRIVE! ÇA VA! J'ARRIVE!
MINCE DE CHANCE L'HÔTESSE QUITTE SA CUISINE!... HÉ! HÉ!
TUUUUUT
AH! ET VOILÀ LE CAFÉ TOUT CHAUD, TOUT PRÊT...

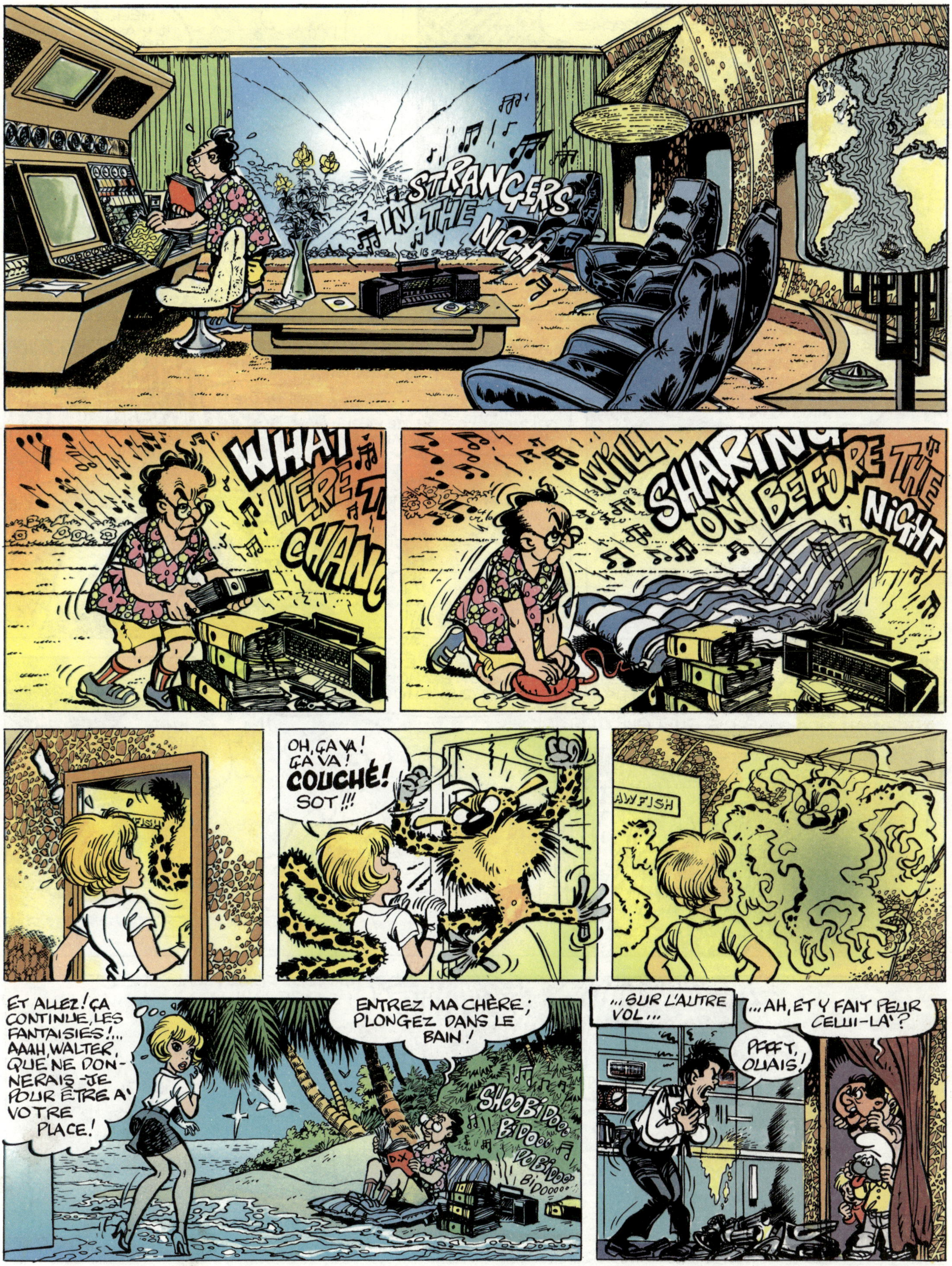
STRANGERS IN THE NIGHT
WHAT HERE CHANC
WILL SHARING ON BEFORE THE NIGHT
OH, ÇA VA ! ÇA VA ! COUCHÉ ! SOT !!!
AWFISH
ET ALLEZ ! ÇA CONTINUE, LES FANTAISIES !... AAAH, WALTER, QUE NE DONNERAIS-JE POUR ÊTRE À VOTRE PLACE !
ENTREZ MA CHÈRE ; PLONGEZ DANS LE BAIN !
SHOOBIDOOO BIDOOO DOBIDOO BIDOOOO
...SUR L'AUTRE VOL...
...AH, ET Y FAIT PEUR CELUI-LÀ ?
PFFFT, OUAIS !

AHLALA ! DÉCIDÉMENT, J'AI L'ART DE ME FOURRER DANS DES VOLS IMBÉCILES !!! *
APPROCHEZ !
MÉFIEZ-VOUS, IL Y A UNE TABLE BASSE DE CE CÔTÉ-LÀ !
AÏE !!!
THUD
* VOIR : LES NOMADES DU CIEL.
S'IL AVAIT UN TANT SOIT PEU D'IMAGINATION, IL M'AURAIT MIS UN REQUIN, LÀ POUR ME FAIRE PEUR... MAIS NON !
VOTRE UNIFORME DÉTONNE DANS CE DÉCOR, VOUS DEVRIEZ VOUS METTRE À LA PLAGE... EUH, PARDON, À LA PAGE !
TRÈS DRÔLE !
J'AI ÉTÉ ENGAGÉE COMME HÔTESSE, JE CROIS, PAS COMME MISS TAHITI !
BON ! SOYONS DONC SERVICE-SERVICE !... JE TRAVAILLE MIEUX LORSQUE JE DÉGUSTE UNE GLACE RHUM-RAISIN, PISTACHE ET CITRON !... ALLEZ ME PRÉPARER ÇA AU TROT ! AINSI, VOUS AUREZ AU MOINS APPRIS QUELQUE CHOSE
POUR NE PAS ÊTRE EN RESTE ! PERMETTEZ-MOI DE VOUS APPRENDRE QUELQUE CHOSE À MON TOUR...
AH, OUI ?.. ET QUOI DONC ?
ÇA VOUS FERAIT MAL DE DIRE S'IL VOUS PLAÎT ?..

LEGRAIN A RAISON : C'EST UN CHARTER DE CINGLÉS ! CE N'EST PAS DE GILETS DE SAUVETAGE DONT ON A BESOIN À BORD, C'EST DE CAMISOLES DE FORCE !
D'ABORD LE CAFÉ POUR L'ÉQUIPAGE !... ÇA APPRENDRA LA POLITESSE À MON MANIAQUE EN BERMUDA !!!
AAAH ! REVOILÀ CALAMITY JANE !
C'EST ÇA ! CACHEZ VOTRE BRELAN D'AS, BUFFALO BILL !!!
SI ELLE ME CHERCHE, ELLE VA ME TROUVER !
SORTEZ VOS AS, RAWLING !
MUFLE !
MH ! NERVEUSE, NATACHA ?... PAS ÉTONNANT AVEC LES OISEAUX QUE NOUS TRIMBALONS, J'AI DÉJÀ VU ÇA !
ON LE SAIT QUE VOUS AVEZ TOUT VU !
TOUT VU, NON ! LE DINGUE, QUI A CONÇU TOUTES CES PROTUBÉRANCES, IGNORAIT TOUTES LES LOIS DE L'AÉRODYNAMISME ! CES AILES TRUFFÉES DE GADGETS PLUS OU MOINS ESCAMOTABLES NOUS FREINENT ! CE ZINC SE TRAÎNE COMME UN VEAU !
UN VEAU D'OR ! AU PRIX QU'IL A DÛ COÛTER !
L'INTÉRIEUR EST DU MÊME STYLE ! CE CRAWFISH EST COMPLÈTEMENT TORDU !
TORDU OU PAS, IL ATTEND SA CRÈME GLACÉE, MADEMOISELLE !
EN ATTENDANT... UNE TASSE DE CAFÉ ?
AVEC PLAISIR !

...ET PEU APRÈS...
?!! OH!
AÏE! ...MA...MA... ...COSA C'È? QU'EST-CE QUI VOUS PREND, DIVINA ?...
OH! EXCUSEZ-MOI! JE...JE VÉRIFIAIS! JE VOUS AVAIS PRIS POUR...EUH! ...AUTRE CHOSE!
EXIT
ZÉ COMPRENDS, VOUS M'AVEZ PRIS POUR UNO HOLOGRAMME, NON! ZÉ SUIS ANTONIO PIPIOLI! DES PARFUMS, DES CHAUSSURES, DES TOILETTES PIPIOLI! TOUT POUR LES ZOLIES FEMMES!
AH, VOILÀ AUTRE CHOSE!
ZÉ SUIS VOTRE SERVITEUR, BELLISSIMA! QUEL EST VOTRE PETIT NOM?
MADEMOISELLE L'HÔTESSE DE L'AIR!
POVERETTA! QUEL PRÉNOM IMPOSSIBLE VOUS AVEZ LÀ! DITES-MOI, LE PLAN DE VOL EST-IL RESPECTÉ?
LE COMMANDANT TURBO N'EST PAS HOMME À DÉVIER DE SON CAP!
AH! IL FAUT SURTOUT ÉVITER L'AMÉRIQUE DOU SOUD OÙ NOS CONCURRENTS ONT DES ALLIÉS QUI FERAIT TOUT POUR RUINER NOTRE PROJET!
OH! OH! È PERICOLOSO SPORGERSI! NOUS NE SOMMES PAS EN ZONE DE COMBAT ET L'ATLANTIQUE EST PACIFIQUE! HI! HI! HI!
NE RIEZ PAS, DIVINA, MA ILS NE RECULENT DEVANT RIEN! ALLONS NOUS FAIRE CONFIRMER NOTRE POSITION PAR LE COMMANDANT!...
BIEN! SI VOULEZ ME SUIVRE, MONSIEUR PIPIOLI!...MAIS COMME MONSIEUR CRAWFISH A BESOIN DE MOI, JE REDESCENDS TOUT DE SUITE!
MH! CHE BELLA RAGAZZA!
MAMMA MIA!!! ILS DORMENT TOUS LES TROIS! C'EST ANORMAL ÇA! MADEMOISELLE! ZUT! ELLE EST REDESCENDUE DANS SA CUISINE!
!?!
?!

MA... MA... SI C'EST OUNE BLAGUE, ELLE EST DE TRÈS MAUVAIS GOUT! RÉVEILLEZ-VOUS COMMANDANTE! DITES-MOI QUELQUE CHOSE !!!?!
GRMBLMBL... J'AIW... DÉ... DÉJAW... VWU... ÇAW... PI... PI... PILOTE AUWTOMATIQUE FAIT T... TOUT!... RONN ROONNN...
AH, ZUT! C'EST LA MEILLEURE DE L'ANNÉE! PLUS DE PISTACHE!
BON! COURAGE NATACHA! ESPÉRONS QUE CE DINGUE N'A PAS TRUFFÉ SA CHAMBRE FROIDE D'HOLOGRAMMES DE YÉTIS!!!
MAIS...?
MON DIEU! QUELQU'UN A OUBLIÉ DE FERMER LA CHAMBRE FROIDE! BONJOUR LES DÉGÂTS!
JE CONNAIS UN PETIT BAIGNEUR QUI VA SAUTER DE JOIE! VOYONS LA TEMPÉRATURE!
DOUZE DEGRÉS!!! AH, BRAVO! IL VA POUVOIR LA PRENDRE AVEC UN CHALUMEAU, SA GLACE!
"NE JAMAIS REGELER UN PRODUIT QUI A ÉTÉ DÉGELÉ"! SI ON ME VOYAIT;... HOP! AU MINIMUM!...
KRRRRR
KLAK
OH, ZUT! OU JE NE CONNAIS PLUS MA FORCE!!!... OU QUELQU'UN A VOLONTAIREMENT DÉTRAQUÉ LE MÉCANISME!
?!
19

COUCOU! VOULEZ-VOUS LEVER VOS JOLIES MAINS, MADEMOISELLE?
IIIIIIH! QUE... QUE FAITES-VOUS ICI ?!!...
TU BOUGES UN CIL, ET JE TE DÉCOIFFE !!!
OH, J'AI DÉJÀ FAIT LE TOUR DES ATTRACTIONS DANS CET ASILE VOLANT !!! ...QUI ÊTES-VOUS ?
LE VILAIN GÉNIE DES FRIGOS! ALLEZ, DEHORS!... LA COMPAGNIE DE CE TAS DE CONSERVES ME DONNE LE SCORBUT! ON VA SALUER LA COMPAGNIE!
MINUTE! UN JOUJOU À PRENDRE!
?
AH! FAUT PAS LAISSER TRAÎNER DES JOUETS AUSSI DANGEREUX! C'EST COMME ÇA QUE LES ACCIDENTS ARRIVENT!!!
C'EST OUNÉ MALHEUR! OUNÉ CATASTROPHE! NOUS SOMMES PERDOUS!
N'EXAGÉRONS RIEN, VOULEZ-VOUS? JE MÈNE AUX POINTS !!!
LES PILOTES! ILS DORMENT COMME DES BAMBINI! L'AVION VA TOMBER! NOUS ALLONS TOUS MOURIR ET LAISSER ORPHELINES DES CENTAINES DE SOCIÉTÉS !!!
QU'EST-CE QUE C'EST QUE CES SALADES?!!
ZÉ L'AI VU COMME ZÉ VOUS VOIS!
ACH! FOUS FOYEZ TES DRAMES BARTOUT, PIPIOLI!!! BAS MOYEN TE CHOUER TEUX MINUDES DRANQUILLEMENT TANS CET AFION!!!
GOOD! PAS DE PANIQUE! JE VAIS ALLER Y JETER UN COUP D'OEIL!!!
PERSONNE NE BOUGE!
?!
!?

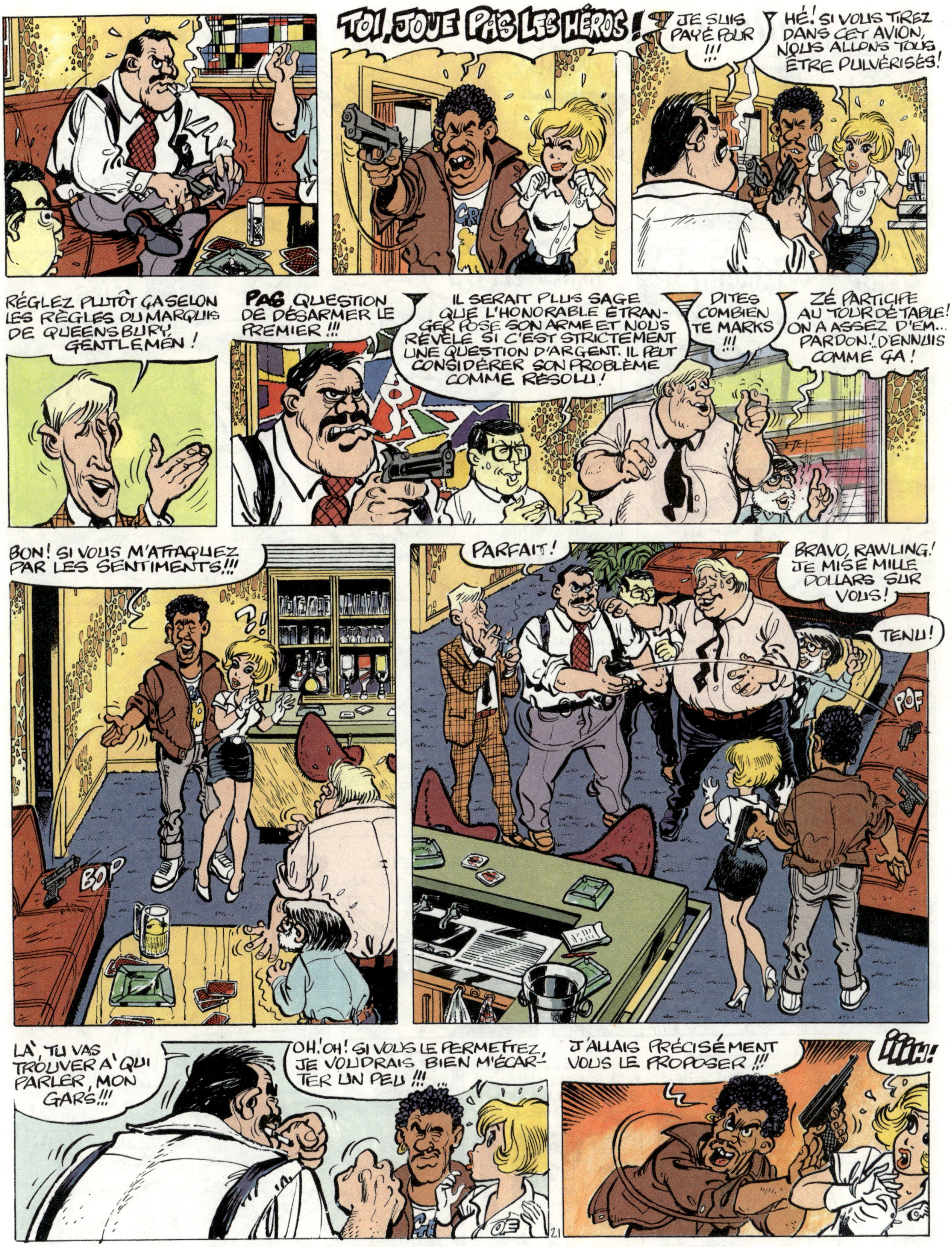
TOI, JOUE PAS LES HÉROS !
JE SUIS PAYÉ POUR !!!
HÉ ! SI VOUS TIREZ DANS CET AVION, NOUS ALLONS TOUS ÊTRE PULVÉRISÉS !
RÉGLEZ PLUTÔT ÇA SELON LES RÈGLES DU MARQUIS DE QUEENSBURY, GENTLEMEN !
PAS QUESTION DE DÉSARMER LE PREMIER !!!
IL SERAIT PLUS SAGE QUE L'HONORABLE ÉTRANGER POSE SON ARME ET NOUS RÉVÈLE SI C'EST STRICTEMENT UNE QUESTION D'ARGENT. IL PEUT CONSIDÉRER SON PROBLÈME COMME RÉSOLU !
DITES COMBIEN TE MARKS !!!
ZÉ PARTICIPE AU TOUR DE TABLE ! ON A ASSEZ D'EM... PARDON ! D'ENNUIS COMME ÇA !
BON ! SI VOUS M'ATTAQUEZ PAR LES SENTIMENTS !!!
?!
BOP
PARFAIT !
BRAVO, RAWLING ! JE MISE MILLE DOLLARS SUR VOUS !
TENU !
POF
LÀ, TU VAS TROUVER À QUI PARLER, MON GARS !!!
OH ! OH ! SI VOUS LE PERMETTEZ, JE VOUDRAIS BIEN M'ÉCARTER UN PEU !!!
J'ALLAIS PRÉCISÉMENT VOUS LE PROPOSER !!!
IIIIH !

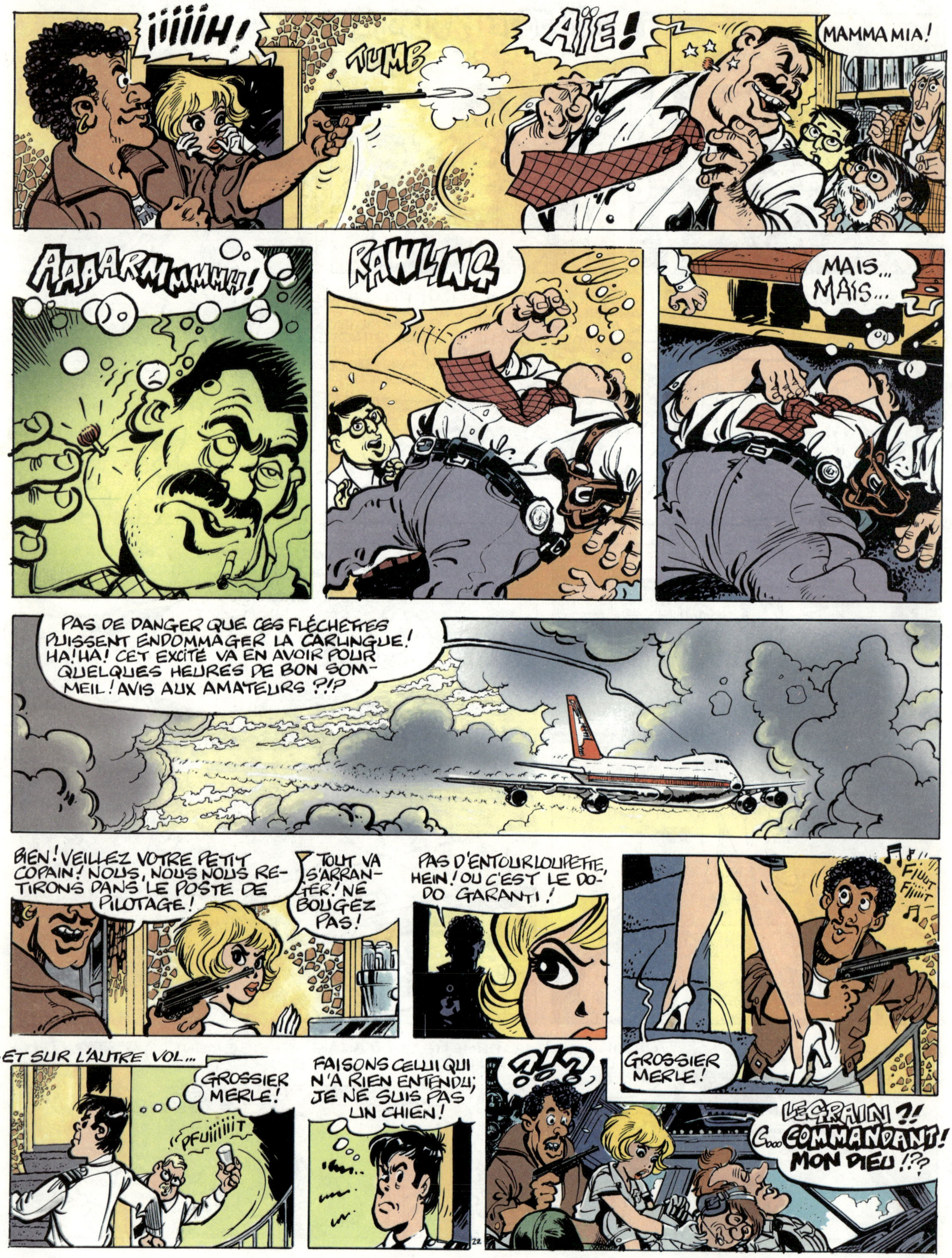

¡¡¡¡¡H!
TUMB
AÏE!
MAMMA MIA!
AAAARMMMH!
RAWLNG
MAIS... MAIS...
PAS DE DANGER QUE CES FLÉCHETTES PUISSENT ENDOMMAGER LA CARLINGUE! HA! HA! CET EXCITÉ VA EN AVOIR POUR QUELQUES HEURES DE BON SOMMEIL! AVIS AUX AMATEURS ?!?
BIEN! VEILLEZ VOTRE PETIT COPAIN! NOUS, NOUS NOUS RETIRONS DANS LE POSTE DE PILOTAGE!
TOUT VA S'ARRANGER! NE BOUGEZ PAS!
PAS D'ENTOURLOUPETTE, HEIN! OU C'EST LE DODO GARANTI!
FIIUIT FIIIIT
GROSSIER MERLE!
...ET SUR L'AUTRE VOL...
GROSSIER MERLE!
PFUIIIIIIT
FAISONS CELUI QUI N'A RIEN ENTENDU; JE NE SUIS PAS UN CHIEN!
?!?
LE GRAIN ?! C... COMMANDANT! MON DIEU !??

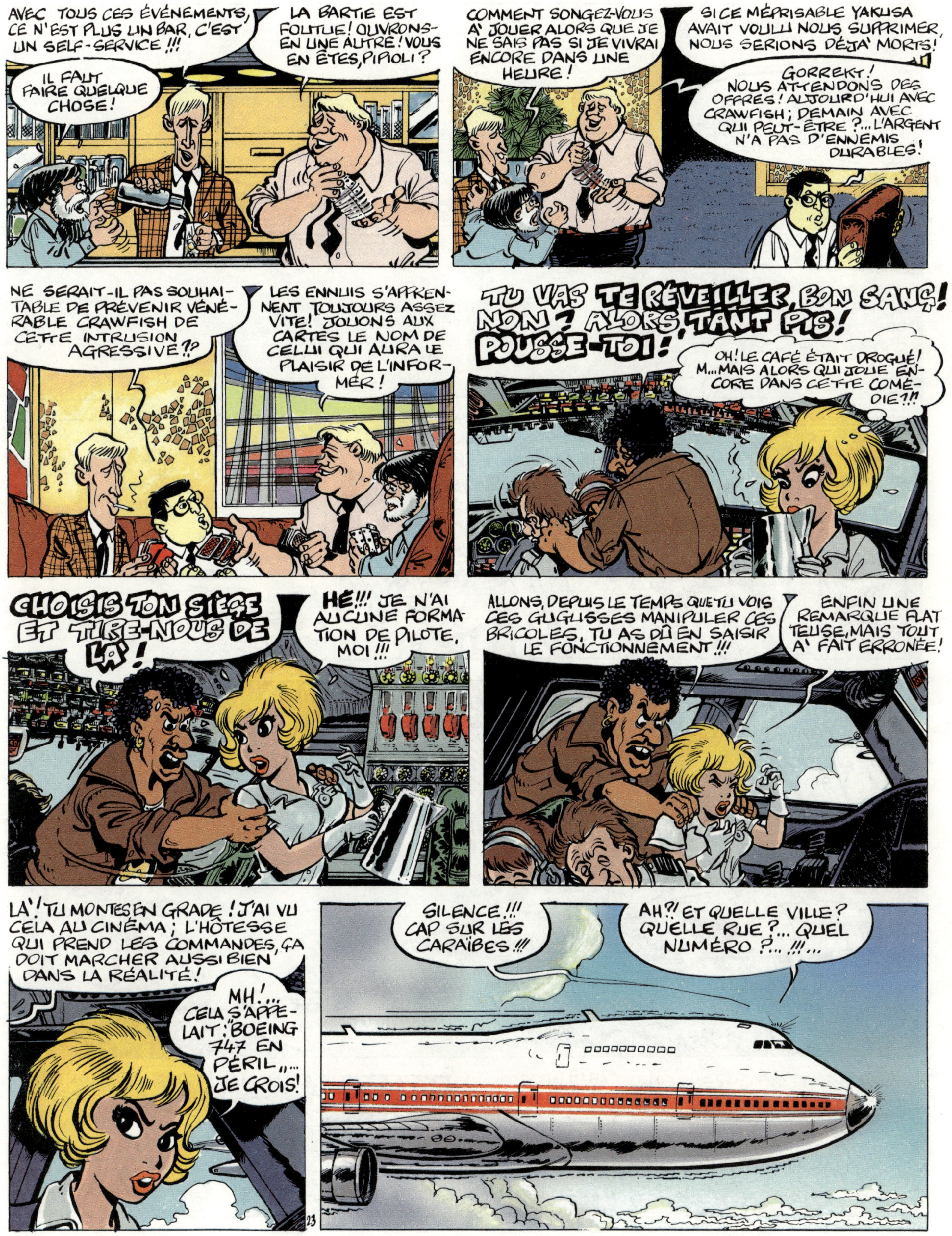
AVEC TOUS CES ÉVÉNEMENTS, CE N'EST PLUS UN BAR, C'EST UN SELF-SERVICE !!!
LA BARTIE EST FOUTUE ! OUVRONS-EN UNE AUTRE ! VOUS EN ÊTES, PIPIOLI ?
IL FAUT FAIRE QUELQUE CHOSE !
COMMENT SONGEZ-VOUS À JOUER ALORS QUE JE NE SAIS PAS SI JE VIVRAI ENCORE DANS UNE HEURE !
SI CE MÉPRISABLE YAKUSA AVAIT VOULU NOUS SUPPRIMER, NOUS SERIONS DÉJÀ MORTS !
GORREKT ! NOUS ATTENDONS DES OFFRES ! AUJOURD'HUI AVEC CRAWFISH ; DEMAIN AVEC QUI PEUT-ÊTRE ?... L'ARGENT N'A PAS D'ENNEMIS DURABLES !
NE SERAIT-IL PAS SOUHAITABLE DE PRÉVENIR VÉNÉRABLE CRAWFISH DE CETTE INTRUSION AGRESSIVE ?!?
LES ENNUIS S'APPRENNENT TOUJOURS ASSEZ VITE ! JOUONS AUX CARTES LE NOM DE CELUI QUI AURA LE PLAISIR DE L'INFORMER !
TU VAS TE RÉVEILLER, BON SANG ! NON ? ALORS, TANT PIS ! POUSSE-TOI !
OH ! LE CAFÉ ÉTAIT DROGUÉ ! M... MAIS ALORS QUI JOUE ENCORE DANS CETTE COMÉDIE ?!!
CHOISIS TON SIÈGE ET TIRE-NOUS DE LÀ !
HÉ !!! JE N'AI AUCUNE FORMATION DE PILOTE, MOI !!!
ALLONS, DEPUIS LE TEMPS QUE TU VOIS CES GUGUSSES MANIPULER CES BRICOLES, TU AS DÛ EN SAISIR LE FONCTIONNEMENT !!!
ENFIN UNE REMARQUE FLATTEUSE, MAIS TOUT À FAIT ERRONÉE !
LÀ ! TU MONTES EN GRADE ! J'AI VU CELA AU CINÉMA ; L'HÔTESSE QUI PREND LES COMMANDES, ÇA DOIT MARCHER AUSSI BIEN DANS LA RÉALITÉ !
MH !... CELA S'APPELAIT "BOEING 747 EN PÉRIL"... JE CROIS !
SILENCE !!! CAP SUR LES CARAÏBES !!!
AH ?! ET QUELLE VILLE ? QUELLE RUE ?... QUEL NUMÉRO ?... !!!...

CESSE DE FAIRE DE L'ESPRIT ET FAIS COMME DANS LE FILM !
DANS LE FILM L'HOTESSE APPELLE LA TOUR DE CONTRÔLE ET SE FAIT AIDER PAR UN VRAI PILOTE !... J'APPELLE MIAMI ?
HÉ ! PAS TOUCHE ! CE N'EST PAS DU CINEMA ! C'EST MOI QUI CHOISIT LA TOUR !...
... J'APPELLE CARNEGY... JE RÉPÈTE...
... J'APPELLE CARNEGY...
CARNEGY VOUS REÇOIT CINQ SUR CINQ !
JE VOUS REÇOIS CINQ SUR CINQ, PARLEZ... CARNÉGY ÉCOUTE !
AH ! J'AI RECONNU TA VOIX, SALUT HALL !
... SALUT MAK ! ALORS, TU AS RÉUSSI ?...
EUH... A PEU PRÈS !...

VOILÀ : IL N'Y A PLUS DE PILOTE À BORD !... JUSTE L'HÔTESSE COMME DANS " 747 EN PÉRIL " ! C'EST PAS ÉVIDENT, HALL !...
... BEAUCOUP D'EXPLICATIONS PLUS TARD...
... J'AI UN INSTRUCTEUR À CÔTÉ DE MOI, MAK ! JE LE PASSE À TON PILOTE AMATEUR !
... ... ENCORE PLUS TARD...
... MAINTENANT, VÉRIFIEZ L'HORIZON ARTIFICIEL !...
L'AVION EST PRESQUE PARALLÈLE AU SOL !
PARFAIT ! MAINTENEZ LE CAP ! NOUS VOUS PRENDRONS TOTALEMENT EN MAIN, LORSQUE VOUS ENTREREZ DANS NOTRE ZONE DE RADAR !
MOUAIS !... QUELLES SONT LEURS CHANCES SANS PILOTE EXPÉRIMENTÉ ?...
... UNE SUR QUATRE ! MAIS SI L'AVION SE CRASHAIT, CE SERAIT AUSSI UNE SOLUTION ET PAS LA PLUS MAUVAISE !!!
... PAR CONTRE SI LES PILOTES REPRENAIENT LE CONTRÔLE DE L'AVION, TOUT SERAIT À L'EAU !
... C'EST LA RAISON POUR LAQUELLE NOUS AVONS MIS HORS-CIRCUIT L'ÉQUIPAGE HABITUEL DE DURS DE CRAWFISH ! JE VAIS VEILLER AU GRAIN ! S'ILS NE FILENT PAS DROIT, JE LIQUIDE L'AFFAIRE !
... PEU APRÈS...

EN FAIT, ÇA M'ARRANGE TOUS CES DORMEURS... MAIS J'AI L'IMPRESSION QUE LE VIEUX CRAWFISH N'A PAS QUE DES AMIS PARMI SES INVITÉS ! LE FRIC POURRIT TOUT !
TUUUUT TUUUUT
TÉLÉPHONE ! JE LÂCHE LE MANCHE OU VOUS LE PRENEZ !?!
OUAIS !?! QUI EST-CE ?...
ICI CRAWFISH ! OÙ EST L'HÔTESSE ?!?
T'OCCUPE PAS, SUCKER ! ELLE N'EST PAS LIBRE !
MAIS... QUI ÊTES-VOUS, GROSSIER PERSONNAGE ? JE VEUX MA GLACE IMMÉDIATEMENT. SINON, MÊME EN PAYANT, VOTRE ÉQUIPAGE NE POURRA MÊME PLUS S'APPROCHER D'UN AVION !
TU SAIS CE QU'IL TE DIT L'ÉQUIPAGE, VIEUX MACAQUE !?! QUANT À TA GLACE TU PEUX TE LA PRÉPARER TOI-MÊME ET TE LA COLLER SUR LA TRONCHE ! EXPLOITEUR ! VIEUX DÉBRIS !
VIEUX DÉBRIS !?! AAAAH, JE SUIS UN VIEUX DÉBRIS !
HOLA ! PFFFFT !!!
PFFT, QUEL IDIOT JE SUIS ! J'EN ARRIVE PRESQUE À Y CROIRE !!!
LE VIEUX DÉBRIS VA LEUR EN FAIRE BAVER À CES GALAPIATS !!!
KLAK
AU MÊME MOMENT...
LA CRASSE ! MANQUAIT PLUS QUE ÇA !
26

MON DIEU! LES GROS NUAGES! QU'EST-CE QU'ON VA FAIRE?!?!...
ILS ONT DIT DE MAINTENIR LE CAP SUR 120!!! MAINTENEZ! ON VA TRAVERSER ÇA COMME DU BEURRE!
ACCROCHEZ VOTRE CEINTURE! VITE!
AÏE! AÏE! AÏE!
ÇA IRA! ÇA IRA!
ON N'Y VOIT PLUS RIEN!!!
GARDEZ LE CAP! TOUT IRA BIEN!!! ... DU BEURRE, JE DIS!
C'EST L'ENFER!
ÇA VIBRE À TOUT CASSER! QU'EST-CE QUE VOUS ATTENDEZ POUR EMPOIGNER VOS COMMANDES!!!? SI ELLES SONT DOUBLES, CE N'EST PAS POUR FAIRE PLUS JOLI!
EUH!... O.K!
VIEUX DÉBRIS! ON VA VOIR QUI VA RIRE MAINTENANT!
TCHIK TCHAK
REGARDEZ DEVANT!!! ÇA SE DÉGAGE!!! ON VA S'EN SORTIR!
OUF!
AAAAH... ...JE SUIS...
KLAK
...UN VIEUX DÉBRIS!
?!
BON DIEU, LÀ!
27

IIIIIIH!
!?
D'... D'OÙ SORT CE DINGUE ?!?
DE L'ASILE PROBABLEMENT ! ET IL N'EN EST PAS SORTI TOUT SEUL !!!
?!!
?!!
?!!
!
BIEN ÉVITÉ !!! BRAVO ?!?
BRAVO ?... POURQUOI ?... JE... JE N'AI RIEN FAIT, MOI !?!
IL... IL NOUS A TOUCHÉS ?!
AUCUN VOYANT NE S'EST ALLUMÉ ! C'EST COMME SI CES AVIONS N'EXISTAIENT PAS !
!!!
ILS NOUS ATTAQUENT !

AAAAH! ILS VONT NOUS ABATTRE !!!
NON!!! NON, C'EST UN MIRAGE!
MIRAGE? MON OEIL!!! J'EN AI DÉJÀ VU À LA TÉLÉ! FONCEZ DANS L'ORAGE!
MAIS... CE SERA PIRE QUE CES ILLUSIONS, CRÉTIN!
DANS LES NUAGES, JE VOUS DIS!!! DANS LES NUAGES!
JE FAIS CE QUE JE PEUX! ET PRENEZ VOS COMMANDES AUSSI!
HAAAHAHA! C'EST PAS POUR RIEN QUE J'AI RACHETÉ CES VIEILLES BOBINES DE HOLLYWOOD! ILS NE DOIVENT PAS S'ENNUYER LÀ-HAUT, CES GALOPINS!!!
IIIIIIH! NOUS N'EN SORTIRONS PAS!
AU SECOURS, HALL! HELP! HALL!
J... J'APPELLE HALL!... BON SANG, RÉPONDS HALL, NOM...
TRIIIT
PIOUIIUT!
TRRRRT
KRAAAA BOM KRAAAA... OOOBOLOMBOLOMBOLOMB
IIIIIH!
AAAAH!
INUTILE DE VOUS FATIGUER! VOTRE ZINZIN EST FICHU!
SHUT UP, S*!!
JE DÉTESTE LA TECHNIQUE! ÇA NE FONCTIONNE QUE LORSQU'ON N'EN A PAS BESOIN!!!
HA! HA! HA! MAINTENANT, LE GRAND JEU AAAH!
UN INSTANT, JE VOUS PRIE!

LES MOUVEMENTS DÉSORDONNÉS DE CET AVION COMMENCENT À M'AGACER! ARRÊTEZ CE CIRQUE, CRAWFISH!
TRAVELING, C'ÉTAIT VOUS!
TORA TORA
KRAAAAAAABOM
KROLOMBO
BZIIIIIIIIIIIIII
TOIIIT BLOP!
!?
REDRESSEZ! BHEUUU!
JE VOUDRAIS VOUS Y VOIR!
MAIS C'EST PAS VRAI ?!! REGARDEZ DEVANT! LÀ! C'EST UN CAUCHEMAR C'EST UN MIRAGE!
UN CAUCHEMIRAGE !!!
30.

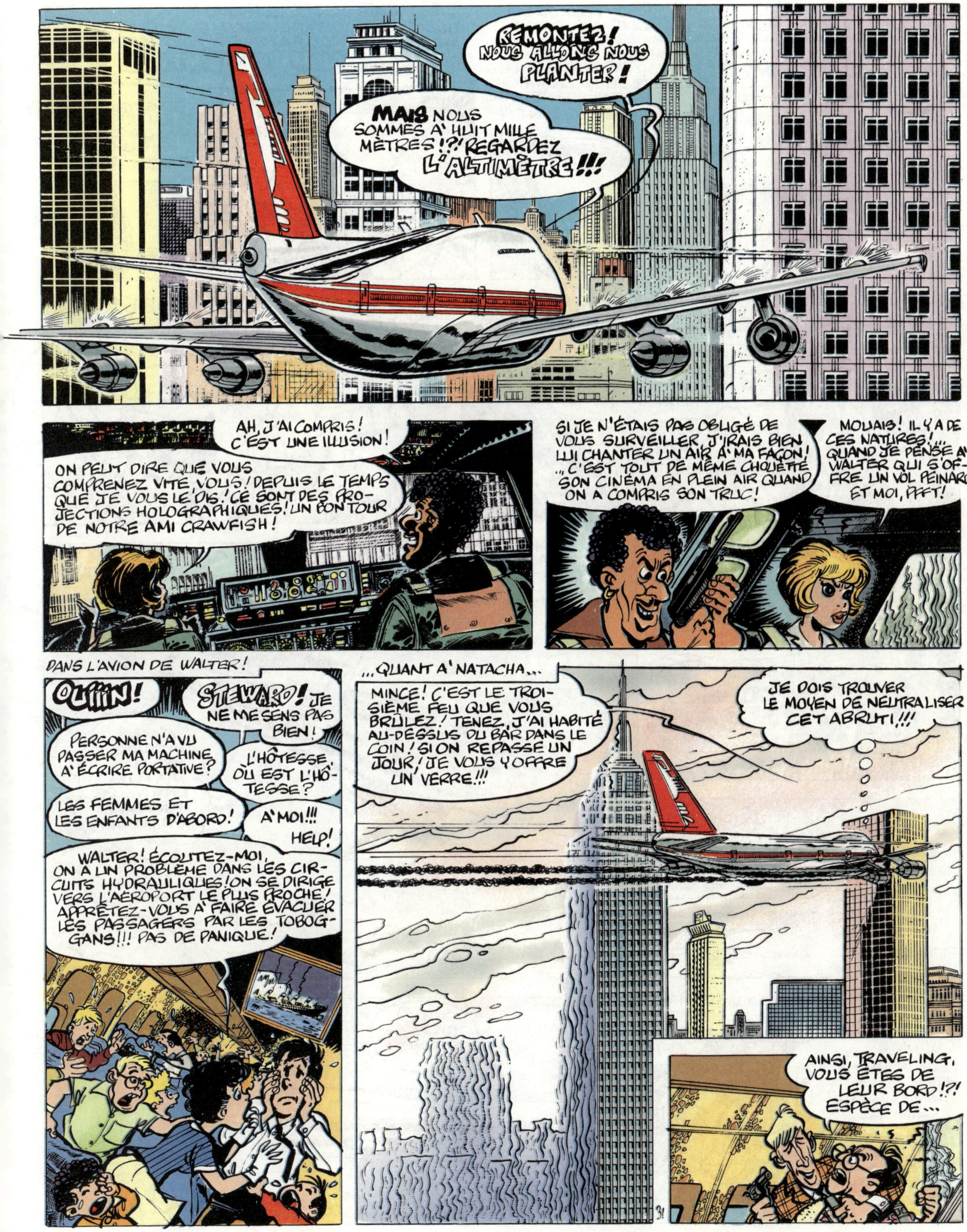
REMONTEZ! NOUS ALLONS NOUS PLANTER!
MAIS NOUS SOMMES À HUIT MILLE MÈTRES!?! REGARDEZ L'ALTIMÈTRE!!!
AH, J'AI COMPRIS! C'EST UNE ILLUSION!
ON PEUT DIRE QUE VOUS COMPRENEZ VITE, VOUS! DEPUIS LE TEMPS QUE JE VOUS LE DIS! CE SONT DES PROJECTIONS HOLOGRAPHIQUES! UN BON TOUR DE NOTRE AMI CRAWFISH!
SI JE N'ÉTAIS PAS OBLIGÉ DE VOUS SURVEILLER, J'IRAIS BIEN LUI CHANTER UN AIR À MA FAÇON! ... C'EST TOUT DE MÊME CHOUETTE SON CINÉMA EN PLEIN AIR QUAND ON A COMPRIS SON TRUC!
MOUAIS! IL Y A DE CES NATURES!... QUAND JE PENSE À WALTER QUI S'OFFRE UN VOL PEINARD; ET MOI, PFFT!
DANS L'AVION DE WALTER!
OUIIIN!
STEWARD! JE NE ME SENS PAS BIEN!
PERSONNE N'A VU PASSER MA MACHINE À ÉCRIRE PORTATIVE?
L'HÔTESSE, OÙ EST L'HÔTESSE?
LES FEMMES ET LES ENFANTS D'ABORD!
À MOI!!! HELP!
WALTER! ÉCOUTEZ-MOI, ON A UN PROBLÈME DANS LES CIRCUITS HYDRAULIQUES! ON SE DIRIGE VERS L'AÉROPORT LE PLUS PROCHE! APPRÊTEZ-VOUS À FAIRE ÉVACUER LES PASSAGERS PAR LES TOBOGGANS!!! PAS DE PANIQUE!
... QUANT À NATACHA ...
MINCE! C'EST LE TROISIÈME FEU QUE VOUS BRÛLEZ! TENEZ, J'AI HABITÉ AU-DESSUS DU BAR DANS LE COIN! SI ON REPASSE UN JOUR, JE VOUS Y OFFRE UN VERRE!!!
JE DOIS TROUVER LE MOYEN DE NEUTRALISER CET ABRUTI!!!
AINSI, TRAVELING, VOUS ÊTES DE LEUR BORD!?! ESPÈCE DE...

JE SOUPÇONNAIS DEPUIS QUELQUES TEMPS DES FUITES AU SEIN DE MON ORGANISATION; C'ÉTAIT DONC VOUS !!! VOUS ! ...VOUS QUE J'ESTIMAIS !
DISONS QUE JE SUIS TOUJOURS PRÊT À MISER SUR LE BON CHEVAL ! VOUS ÊTES TROP PASSIONNÉ PAR VOS PETITS JEUX, CRAWFISH ET VOUS NE SENTEZ PAS TOURNER LE VENT !!!
JE RECONNAIS BIEN LÀ LE PRODUIT DE VOS DAMNÉES "PUBLIC SCHOOLS" ANGLAISES ! SNOB, ÉLÉGANT, BEAU PARLEUR ET PROGRAMMÉ À POIGNARDER DANS LE DOS AU NOM DE L'EMPIRE !
HA ! HA ! JE SUIS TROP MATÉRIALISTE POUR M'INTÉRESSER À VOS GADGETS DÉBILES... MAIS UN PETIT ESSAI NE PEUT FAIRE DE TORT !!!
...QU'AVEZ-VOUS FAIT DE MES AUTRES ASSOCIÉS ?!?
HANSVURST RÉCUPÈRE SES CARTES TRUQUÉES ÉPARPILLÉES DANS LE SALON APRÈS CETTE SÉANCE DE MONTAGNES RUSSES ! PIPIOLI ET NAKASONE SE RÉCONFORTENT MUTUELLEMENT EN S'INTERROGEANT SUR LEUR AVENIR ET ILS CROIENT QUE JE ME SUIS RETIRÉ POUR CUVER VOTRE WHISKY !!!
TCHAK
TCHOK
CESSEZ DE JOUER À MA PLACE ! NOUS FERIONS MIEUX DE NOUS OCCUPER DU GROSSIER PERSONNAGE QUI ME NARGUE LÀ-HAUT !
PAS D'ACCORD !
IL ME PLAÎT, CE GAILLARD ! IL A FORT BIEN NEUTRALISÉ RAWLING ET VOTRE ÉQUIPAGE ! LAISSONS-LE NOUS CONDUIRE VERS VOS ADVERSAIRES ! VERS DES LENDEMAINS QUI CHANTENT !!! HA ! HA ! HA !
NAPOLÉON À CAMBRONNE...... CONTACT VISUEL OPÉRÉ ! L'AVION EST LÀ ! RESTEZ À L'ÉCOUTE ! OVER !!!
O.K., NAPOLÉON ! OVER !
C'EST BIZARRE, BIG MAK N'A PLUS ENVOYÉ DE MESSAGE DU BOEING ? !?!
AH ! ON EST SORTIS DE LA VILLE ! MAIS ÇA CONTINUE ! VOILÀ UN MIG, MAINTENANT !!!
C'EST PAS TRÈS ORIGINAL !...
ON N'EN EST PLUS À UN MIRAGE PRÈS ! PASSEZ À TRAVERS, QU'ON RIGOLE !
OH ! DE TOUTES FAÇONS !
BIG MAK, ICI HALL ! QU'EST-CE QUE VOUS FICHEZ ? ON VA SE RENTRER DEDANS ? ...MAIS ?!?
32

ILS SONT FOUS ! À UN POIL !
MAIS ? C'EST UN VRAI !
AÏE, BIG MAK A DÛ SE FAIRE COINCER !!! TANT PIS, JE PASSE À LA LIQUIDATION ! NAVRÉ, BIG MAK !
REVENEZ VERS LUI ! C'EST LE ZINC DE HALL ! DE MON POTE À MOI !
AAAH ! J'VOUS PASSE LES COMMANDES SI VOUS VOULEZ, MAIS CESSEZ D'AGITER CET OBJET, ÇA COMMENCE À M'ÉNERVER !
T'EN FAIS PAS, HALL ! ON VA Y ARRIVER ! LA RADIO EST MORTE, MAIS TU VAS NOUS GUIDER ! TU ES UN FRÈRE !!!
UN JUMBO DANS UN COULOIR AÉRIEN, C'EST UN ÉLÉPHANT DANS UN CORRIDOR ! ÇA NE SE RATE PAS !!!
RATÉ !!! CE GROS VEAU VIENT DE S'OFFRIR UN RABATTANT(1) DE TRENTE MÈTRES SECONDE !!!
MAIS ?!? ... HALL ?

(1) TROU D'AIR.

COMMENT ARRÊTE-T-ON CE FICHU BIDULE ?... "JC..☆!!!"
HA!HA! POUR QUE VOUS RETROUVIEZ VOTRE ARME TOMBÉE DANS LA SAVANE LORS DU TROU D'AIR !!! HA! HA! JE SUIS SÉNILE, MAIS PAS FOU, TRAVELING !!!
HALL !?! IL NOUS TIRE DESSUS !!! ??? QUE FAIRE ?!? JE NE PEUX PAS LE CONTACTER !!!
HA! ON PEUT TOUJOURS VOLER VERS LUI...... ET LUI EXPLIQUER QUE VOUS AVEZ LA SITUATION BIEN EN MAIN AVEC VOTRE GROS REVOLVER !
ILS PERSISTENT À S'ÉCARTER DE LA ROUTE ! PAS DE DOUTE, BIG MAK N'A PLUS LE CONTRÔLE !!! ÇA VA ÊTRE LEUR FÊTE !!!
BON SANG ! IL N'Y PERSONNE ICI POUR RÉTABLIR LA RADIO ?
JE CRAINS QUE NON !!!
HEY ! ON NOUS TIRE DESSUS !?
VOUS N'AVEZ PAS L'EXCLUSIVITÉ DES ARMES À FEU ! ET ICI, C'EST UN CALIBRE SUPÉRIEUR À VOTRE RIGOLO !
BRATATAKTAKTAKTAKTAKTATAK
AÏE !
IIIIIIH !
BRATATAKTAKTAKTATATAKTAK
HALL !!! C'EST PAS POSSIBLE !!!
... GARDEZ LE CAP 120 !!! S'IL VOIT QUE NOUS LE CONSERVONS, MÊME SANS RADIO, IL COMPRENDRA QUE JE SUIS TOUJOURS LE PATRON À BORD !
HA ! ON PEUT RÊVER, SI C'EST LE MÊME QUE VOUS !!!
SHUT UP !
QUEL VOL ÉPOUVANTABLE ! QUAND JE PENSE À WALTER !
... QUANT À WALTER ...
HÉ ! DITES, STEWARD !
HIC !
QUE FERIEZ-VOUS ... HIC ... SI ON VOUS DISAIT ... HIC ... QUE DES FLAMMES ... HIC ... ET DE LA FUMÉE SORTENT D'UN RÉACTEUR ?
JE CRIERAIS AU SECOURS !
AU SECOURS !

COMMANDANT ! LE RÉACTEUR 3 EST EN FEU !
OH ! CELA EN FAIT DONC TROIS AVEC LE 2 QUE JE VIENS DE COUPER ! MERCI DE L'INFORMATION !
AINSI, CET AVION EST EN TRAIN DE SE TRANSFORMER EN PLANEUR ?!?
MH ! SI VOUS CONNAISSEZ UN MOYEN EFFICACE POUR CALMER NOTRE CLIENTÈLE, C'EST LE MOMENT DE L'UTILISER ; POUR MA PART, JE PRIE EN SILENCE !
PENDANT CE TEMPS...
WAS IST DAS ?
...ET VOILÀ CE CINÉMA IDIOT QUI SE REMET EN ROUTE !
?!?
FOUS N'AFEZ BAS FINI DE NOUS SECOUER COMME DES BRUNIERS POUR QUELQUES BÊTES COUCOUS DANS LE CIEL !...
RETOURNEZ EN BAS, MON VIEUX ! NOUS AVONS DÉJÀ SUFFISAMMENT D'ENNUIS SANS VOUS !!!
MAIS ?!? CE NE SONT BAS DES OISEAUX, ZE SONT...
CE SONT CES MERVEILLEUX FOUS VOLANTS DANS LEURS DRÔLES DE MACHINES !!! ...HÉ, REGARDE-LES BIEN, ILS SE FONT RARES !...
TEUFEL ! FOUS ALLEZ LEUR RENTRER DED... AAAAH !
DONCK
DONCDONCK
POKDOK
DOCDOCDONCK DOC
JE N'Y SUIS POUR RIEN ! C'EST ENCORE UN TROU D'AIR !
ARRÊTEZ CE CIRQUE, DONNERWETTER ! ON FA SE RETROUVER BAR TERRE !
C'EST FAIT !

OH, OH! QUE VOILA' UNE CAFETIÈRE QUI ARRIVE A' POINT!
BLONG
BON DODO, DUMMKOPF!
RESTE SURTOUT BIEN COMME TU ES, MON BONHOMME!
DONK
S'IL AVAIT BU DE CE CAFÉ, LE RÉSULTAT SERAIT LE MÊME; LES BOSSES DE LA CAFETIÈRE ET DE SON CRÂNE EN MOINS!!!
AH! ON REVIENT À LA SURFACE, MONSIEUR HANSVURST?... DÉGAGEZ CE GUIGNOL ET FICELEZ-LE À L'ARRIÈRE!
ACH! JAWOHL!
BON! PLUS D'HÉSITATION! JE VAIS LE PRENDRE EN ENFILADE; ALORS, TROU D'AIR OU PAS!
JE M'EN VAIS LE CARTONNER COMME DANS UN TIR AUX PIPES!!!
L'ALTIMÈTRE!!! MON DIEU! ON EST À MOINS DE TROIS MILLE PIEDS! VITE! TIRER DESSUS... IL FAUT GRIMPER!
36

MAIS... MAIS ?! IL GRIMPE !!! JE VAIS L'EMPLAFONNER* !!
HEUREUSEMENT QUE J'AI APPRIS UN PEU À PILOTER, MOI ! ①
* LUI RENTRER DEDANS.
① VOIR : NATACHA ET LE MAHARADJAH.
KLANK
!!!
KRAAAK
NAPOLÉON À CAMBRONNE ! JE ME SUIS FAIT DESCENDRE, JE M'ÉJECTE !!!
TU SAIS CE QU'IL TE DIT CAMBRONNE, IMBÉCILE ?!?
POF
SE FAIRE ENVOYER AU TAPIS PAR UN AVION CIVIL !!!
OUF !... PFFFT !... HÉ ! LE CHOC A DÉTRUIT L'INSTALLATION HOLOGRAPHIQUE ! ON VA SAVOIR OÙ ON VA !
ON A BOUSILLÉ MON INSTALLATION EXTÉRIEURE !
ACH ! NOUS ZOMMES MAL BARTIS !!! L'AILE SE DISLOQUE !
MONSIEUR HANSVURST, CESSEZ DE ME SAPER LE MORAL !
MON DIEU, FAITES QUE LE COMMANDANT TURBO SE RÉVEILLE !!!
TOUT EST DÉRÉGLÉ ! L'IMAGE RESTE FIXÉE SUR LA SAVANE !!!
HUMPF !!!
TANT PIS ! JE VOUS PROPOSE UNE TRÊVE POUR VOIR AVEC QUI NÉGOCIER !
TAP
HÉ ! HÉ ! VOUS SEMBLEZ MAL À L'AISE, SANS VOTRE REVOLVER, TRAVELING ?!?
MAIS NON ! N'OUBLIEZ PAS QUE MES COMMANDITAIRES ONT TOUJOURS UN HOMME À EUX DANS LE POSTE DE PILOTAGE ET... ?!?
JE N'EN SERAIS PAS SI SÛR, À VOTRE PLACE, TRAVELING !

DE QUOI VOUS MÊLEZ-VOUS, NAKASONÉ? NOUS NÉGOCIONS, CRAWFISH ET MOI!...
IL EST, JE CROIS, UN PEU TARD POUR VOUS, TRAVELING!... VOS MISÉRABLES CORRESPONDANTS ONT LE DESSOUS!
QUOI?!! OÙ EST PASSÉ VOTRE ACCENT, NAKASONÉ?...
RUSE DE GUERRE, TOUT SIMPLEMENT, CHER AMI! LES OCCIDENTAUX CONFONDENT TOUJOURS LES ORIENTAUX!
TRAVELING, JE VOUS PRÉSENTE JACK LEE LEMON, DÉTECTIVE DÉTACHÉ À MES ENTREPRISES!
...ET NÉ AMÉRICAIN! J'AVAIS POUR MISSION DE SURVEILLER LES INVITÉS DE MONSIEUR CRAWFISH DANS L'ESPOIR QUE L'UN DEUX SE DÉMASQUERAIT!!! C'EST FAIT!
VOUS NE ME TENEZ PAS ENCORE!
LE FORT EST CELUI QUI ADMET SA DÉFAITE!
J'AI FAIT DE LA BOXE À OXFORD, ET J'ÉTAIS LE MEILLEUR
YAKUSA AU RABAIS! HA! TU VAS BIENTÔT MANGER SANS DENTS!
C'EST COMME SI C'ÉTAIT FAIT MONSIEUR CRAWFISH!
EFFACEZ-MOI CETTE MAUVAISE IMAGE, LEE LEMON!
HEUU
LE DOIGT EST PLUS AGILE QUE LE POING!
SORTEZ CETTE CARICATURE DE GENTLEMAN ET ALLEZ RAPPELER À CETTE FICHUE HÔTESSE QUE J'ATTENDS TOUJOURS MA CRÈME GLACÉE!
À VOTRE SERVICE, MONSIEUR CRAWFISH!
BOOOOH HEUUUUR EUUUU
KLIK
VOUS RETROUVEREZ VOTRE SOUFFLE EN M'ATTENDANT ICI, TRAVELING, J'AI DU TRAVAIL EN HAUT!
BRHEUUU

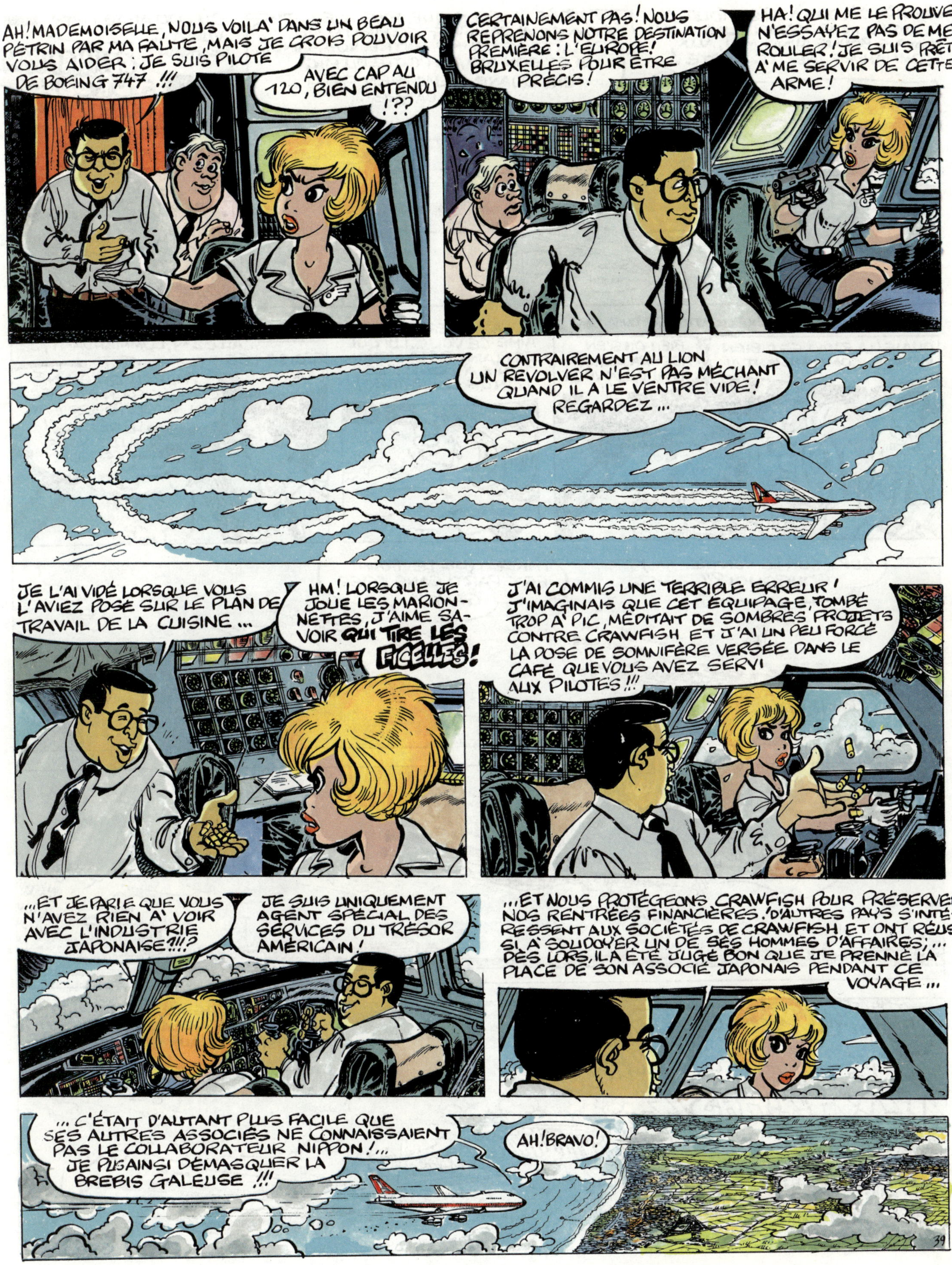
AH! MADEMOISELLE, NOUS VOILA' DANS UN BEAU PÉTRIN PAR MA FAUTE, MAIS JE CROIS POUVOIR VOUS AIDER : JE SUIS PILOTE DE BOEING 747 !!!
AVEC CAP AU 120, BIEN ENTENDU !??
CERTAINEMENT PAS! NOUS REPRENONS NOTRE DESTINATION PREMIÈRE : L'EUROPE! BRUXELLES POUR ÊTRE PRÉCIS!
HA! QUI ME LE PROUVE? N'ESSAYEZ PAS DE ME ROULER! JE SUIS PRÊTE A' ME SERVIR DE CETTE ARME!
CONTRAIREMENT AU LION UN REVOLVER N'EST PAS MÉCHANT QUAND IL A LE VENTRE VIDE! REGARDEZ ...
JE L'AI VIDÉ LORSQUE VOUS L'AVIEZ POSÉ SUR LE PLAN DE TRAVAIL DE LA CUISINE ...
HM! LORSQUE JE JOUE LES MARIONNETTES, J'AIME SAVOIR QUI TIRE LES FICELLES!
J'AI COMMIS UNE TERRIBLE ERREUR! J'IMAGINAIS QUE CET ÉQUIPAGE, TOMBÉ TROP A' PIC, MÉDITAIT DE SOMBRES PROJETS CONTRE CRAWFISH ET J'AI UN PEU FORCÉ LA DOSE DE SOMNIFÈRE VERSÉE DANS LE CAFÉ QUE VOUS AVEZ SERVI AUX PILOTES !!!
...ET JE PARIE QUE VOUS N'AVEZ RIEN A' VOIR AVEC L'INDUSTRIE JAPONAISE ?!!?
JE SUIS UNIQUEMENT AGENT SPÉCIAL DES SERVICES DU TRÉSOR AMÉRICAIN!
...ET NOUS PROTÉGEONS CRAWFISH POUR PRÉSERVER NOS RENTRÉES FINANCIÈRES. D'AUTRES PAYS S'INTÉRESSENT AUX SOCIÉTÉS DE CRAWFISH ET ONT RÉUSSI A' SOUDOYER UN DE SES HOMMES D'AFFAIRES; ... DÈS LORS, IL A ÉTÉ JUGÉ BON QUE JE PRENNE LA PLACE DE SON ASSOCIÉ JAPONAIS PENDANT CE VOYAGE ...
... C'ÉTAIT D'AUTANT PLUS FACILE QUE SES AUTRES ASSOCIÉS NE CONNAISSAIENT PAS LE COLLABORATEUR NIPPON !... JE PUS AINSI DÉMASQUER LA BREBIS GALEUSE !!!
AH! BRAVO!
39

OUI, BRAVO! VOUS AURIEZ TOUT DE MÊME PU INTERVENIR PLUS TÔT! J'AVAIS BONNE MINE, MOI, AUX COMMANDES AVEC CE PIRATE!
APRÈS LA LEÇON QUE VOUS AVEZ DONNÉE À RAWLING, CE PIRATE NE PESAIT PAS LOURD ENTRE VOS MAINS!... ...LUI ET SON AMI, LE PILOTE DU MIG, ONT QUAND MÊME BIEN FAILLI NOUS ABATTRE!...
OÙ... OÙ AI-JE DÉJÀ VU ÇA?... LEGRAIN?
COMMANDANT TURBO!!! ENFIN!!!
...ET DE NOMBREUSES EXPLICATIONS PLUS TARD...
OUAIS! LA RADIO EST BIEN MORTE COMMANDANT!!!
BIEN, ON S'EN PASSERA, LEGRAIN! J'AI DÉJÀ VU ÇA!!!
...HA! WALTER AURAIT AIMÉ CE VOL!... LUI QUI SE PLAINT DE LA MONOTONIE À BORD DES LONGS COURRIERS!
MAIS...
...ALLEZ-Y, COMMANDANT, JE CROISE LES DOIGTS!
MH! POURVU QU'ON NE CROISE RIEN D'AUTRE! ON VA SE POSER SUR LE VENTRE! ALLEZ VOUS ASSEOIR!
SUR... SUR LE VENTRE?!? POURQUOI?!!
PARCE QUE LE TRAIN EST PARTI SANS CRIER GARE!!!
DJ RAK RAK PAF DJ
RAK DJ POUT J POUT DJ
PWIIIUUUW... WIIIIUUUW... WIIIUUW
KRAAAASHHH
DANS CE CAS-ÇI, EST-CE QUE JE LE FAIS, MON PETIT BONIMENT AUX PASSAGERS?!?

BON! JE LE FAIS !!!
LA COMPAGNIE BARDAF ET SON ÉQUIPAGE ESPÈRENT QUE VOUS AVEZ EU UN VOL AGRÉABLE ET SOUHAITENT VOUS REVOIR BIENTÔT SUR SES LIGNES POUR...
PAF
OUCH!
BARDAF
MH! J'AURAIS PAS DÛ LE FAIRE, MON PETIT BONIMENT !!!
HO, SUSKE ! LE BOEING DE CRAWFISH VIENT D'ÊTRE REPÉRÉ CERCLANT SUR L'AÉROPORT ; IL A UNE AILE EN DENTELLE QUI S'EFFILOCHE ET EST EN PANNE DE RADIO !!!... QU'EST-CE QU'ON FAIT?
ON MAINTIENT LES AUTRES AVIONS EN ATTENTE ET ON LUI DONNE LA PRIORITÉ, ÉVIDEMMENT !
'VERDOMME ! QUELLE JOURNÉE !!!
ILS ONT L'AIR D'AVOIR DES ENNUIS SUR LA PISTE !
LA SATURATION AÉRIENNE ; NOM D'UN CHIEN, J'ESPÈRE QU'ILS VONT NOUS FAIRE DE LA PLACE POUR ATTERRIR EN CATASTROPHE !!!
MAIS... MAIS C'EST L'APPAREIL DE NATACHA !
QU'EST-CE QUE J'AI FAIT AU BON DIEU POUR AVOIR UN SERVICE COMME CELA AUJOURD'HUI !
DJiiiii
IL Y EN A QUI ATTERRISSENT VRAIMENT N'IMPORTE COMMENT ! REGARDEZ-MOI ÇA, QUEL GÂCHIS ! ... ET ÇA FAIT TELLEMENT DÉSORDRE !

OW!
AÏE!
IIIIIIIH!
1000 BO !★©DE! GRAMPONNEZ-VOUS! NOUS ALLONS ENTRER DANS L'AÉROGARE!!!
AAAAH! QUEL GÂCHIS, COMMANDANT!!!
J'AI DÉJÀ VU ÇA! ÇA PEUT ARRIVER AUX MEILLEURS PILOTES DE FAIRE UN ATTERRISSAGE QUI NE CASSE RIEN!

OUF! NATACHA, NOUS NOUS EN SOMMES TIRÉS SANS TROP DE DÉGÂTS!
SI ON PEUT DIRE, COMMANDANT!
EH BEN! MOI QUI COMPTAIS ACHETER PAS MAL DE CHOSES ICI... C'EST DANS LE MILLE!
HOOO, C'EST PAS VRAI!!!
UNE PETITE VOITURE IDENTIQUE À CELLE QUE J'AVAIS ACHETÉE À MIAMI!...
FINALEMENT, MON PETIT NEVEU N'AURA PAS TOUT PERDU!!! CHOUETTE!
UNE HEURE PLUS TARD...
JE VOUDRAIS VOUS REMERCIER POUR TOUT... ET À MA FAÇON, MADEMOISELLE, ET VOUS AUSSI, MESSIEURS!
...MA VOYANTE M'AYANT PRÉDIT QUE JE PÉRIRAIS ÉCRASÉ PAR UNE VOITURE, JE NE PEUX PLUS LES VOIR; DÈS LORS JE LES AI TOUTES SUPPRIMÉES DE MA VIE! IL M'EN RESTE UNE TRÈS JOLIE DANS CET AÉROPORT...
CE N'EST PAS LE DERNIER MODÈLE, MAIS ELLE EST À VOUS!
C'EST TROP! JE NE PEUX ACCEPTER! JE...
ACCEPTEZ! IL A COLLÉ UN MOT D'EXCUSES EN DESSOUS DU TABLEAU DE BORD!
?
VENEZ MURDOCH, NOUS SOMMES RESTÉS ASSEZ LONGTEMPS AU SOL!

DOUCEMENT, NATACHA! VOUS N'ÊTES PAS AU VOLANT DE VOTRE PETIT COUPÉ!... HUM! ICI, IL Y A 28 CHEVAUX SOUS LE CAPOT!
J'ALLAIS L'OUBLIER!!! VOYEZ DONC, COMMANDANT, S'IL Y A BIEN UN MOT LAISSÉ SOUS LE TABLEAU DE BORD...
SABENA
CE N'EST PAS UN MOT! C'EST UN CHÈQUE... OHLÀ! A... AVEC UN CHIFFRE SUIVI DE JE NE SAIS COMBIEN DE ZÉROS!
FORMIDABLE! POUR TOUT L'ÉQUIPAGE: C'EST ÉCRIT... ON NE L'A PAS VOLÉ!!! ... HÉ!?? À QUOI SERT CE BOUTON?
POUSSEZ DESSUS, NATACHA, ON LE SAURA!
KLIK
HOLÀ!... UNE PROJECTION HOLOGRAPHIQUE, ÉVIDEMMENT! ON AURAIT DÛ Y PENSER! NOUS SOMMES DANS UNE BAGNOLE SUPER-ÉQUIPÉE DE CE VIEUX GAMIN DE CRAWFISH! HO! HO! HO! UN PEU MÉGALO, ICI!
WAOW! MÊME UN TRAIN, QUI ARRIVE, LÀ! ET IL A LE SYSTÈME SONORE MAINTENANT! ÇA ÉVOLUE!
TSHOOF
TSHOOF
TSHOOF
TSHOOF
TSHOOF
BANG
PEUT-ON SAVOIR SI VOUS AVEZ UNE BONNE RAISON DE STATIONNER SUR LES RAILS DU TRAIN TOURISTIQUE MOULINSART-CHAMPIGNAC?
ÉCOUTEZ, MON VIEUX, CE SERAIT TROP DIFFICILE DE VOUS EXPLIQUER!
FIN
F. Walthery 89
MITTÉI & MYTHIC

DU MEME AUTEUR :

- PIPO ET Cie - (Editions BEDESUP)

JACKY ET CELESTIN (Editions DUPUIS)

- VOUS ETES TROP BON! - 1963
- CASSE TETE CHINOIS - 1964
- SUR LA PISTE DU SCORPION - 1965
- LE CHINOIS EST RANCUNIER - 1966

BENOIT BRISEFER (de PEYO)

- LES 12 TRAVAUX DE BENOIT BRISEFER - 1966
- TONTON PLACIDE - 1968
- LE CIRQUE BODONI - 1969
- LADY DOLPHINE - 1972

NATACHA, HOTESSE DE L'AIR

- (NATACHA ET Cie (de TIBERI) - 1987)
- NATACHA, HOTESSE DE L'AIR - 1967-1970
- NATACHA ET LE MAHARADJA - 1972
- LA MEMOIRE DE METAL - 1973-1974
- UN TRONE POUR NATACHA - 1975
- DOUBLE VOL - 1976
- LE TREIZIEME APOTRE- 1978
- L' HOTESSE ET MONNA LISA - 1978
- INSTANTANES POUR CALTECH - 1979
- LES MACHINES INCERTAINES - 1980
- L' ILE D' OUTREMONDE - 1983
- LE GRAND PARI - 1985
- LES CULOTTES DE FER - 1986
- LES NOMADES DU CIEL - 1988
- CAUCHEMIRAGE - 1989

LE VIEUX BLEU - 1980
TCHANTCHES - 1988 (Editions KHANI)

LE P'TIT BOUT D'CHIQUE (MARSU PRODUCTIONS) - 1975 - 1989

LES STARS DE LA B.D. VOUS OFFRENT 1000 PRIX DE RÊVE !

EXTRAITS DU RÈGLEMENT DU CONCOURS

Le concours est ouvert à tout participant domicilié en Belgique ou en France. Sont exclus, les collaborateurs permanents ou occasionnels des sociétés Marsu-Productions, Vents d'Ouest Diffusion, Palombia Diffusion, Edifi ainsi que les membres de leur famille jusqu'au troisième degré compris.

La participation au concours devra nécessairement se faire à l'aide du bulletin-réponse distribué à cet effet par la S.A. Marsu-Productions. Pour être valables, les bulletins de participation devront obligatoirement porter toutes les mentions suivantes :

- les noms, prénoms et l'adresse complète du participant ;
- les réponses aux trois questions principales et à la question subsidiaire ;
- le numéro de l'album constituant la preuve d'achat dont il est fait état dans l'article 4.

Chaque bulletin-réponse devra impérativement et sous peine de nullité être totalement rempli, lisiblement, sans surcharge ni rature. Les bulletins-réponses devront être adressés en original. Il ne sera pas tenu compte de copies ou de photocopies. Les bulletins-réponses ne pourront être rectifiés ou corrigés postérieurement à leur expédition à l'organisateur.

Les albums de bande dessinée suivants seront numérotés à la machine lors de leur impression : Marsupilami 4 ("Le Pollen du Monte Urticando"), Natacha 14 ("Cauchemirage"), Chaminou 1 ("L'affaire Carotassis").

Ce numéro sera recopié par le participant sur la case du bulletin-réponse prévue à cet effet. Seuls les gagnants seront tenus de fournir la preuve qu'ils ont bien en leur possession l'album portant le numéro qu'ils auront indiqué sur le bulletin-réponse. L'impossibilité de fournir cette preuve constitue une cause de disqualification.

Un seul bulletin peut être rempli par numéro d'album. Si plusieurs bulletins portent le même numéro, tous les bulletins portant ce numéro seront considérés comme nuls.

Certains albums peuvent à cause d'une défaillance technique ne pas être numérotés. Ces albums sont exclus du concours. Le participant peut les échanger dans son point de vente contre un album numéroté.

La sélection des gagnants sera effectuée en tenant compte du nombre de réponses exactes aux questions. Il sera posé autant de questions portant sur la connaissance des albums cités à l'article 4 que nécessaire, afin de désigner le gagnant du premier prix ainsi que les gagnants des prix suivants parmi les éventuels ex-æquos que la question subsidiaire n'aurait pu départager. Les ex-æquos seront convoqués à participer à l'épreuve finale par pli recommandé.

Le règlement du concours, un exemplaire du bulletin-réponse, les réponses aux questions, ainsi que les questions visant à départager les éventuels ex-æquos seront déposés sous enveloppe fermée en l'étude de Maître DANSARD, huissier de justice à Bruxelles, Rue Dautzenberg, 21. Ce dernier contrôlera la réponse exacte à la question subsidiaire.

Les bulletins-réponses doivent être envoyés par la poste, dûment affranchis, à l'adresse "Les Stars de la B.D.", B.P. 2, 1000 Bruxelles, 37, Belgique, au plus tard le 31 janvier 1990, le cachet de la poste faisant foi. Aucun envoi recommandé ne sera accepté. Tout bulletin-réponse parvenu à destination après le 12 février ne pourra être pris en compte, quelle que soit la cause d'un éventuel retard d'acheminement.

Le jury destiné à contrôler le déroulement du concours et la désignation des gagnants est composé de MM. Y. Lepennetier, F. Walthéry et J.P. Marchal. Le jury est souverain et ses décisions sont sans appel pour proclamer les vainqueurs, contrôler le déroulement du concours, trancher tout litige éventuel, prendre toute décision relative à la suppression ou à la modification du concours en cas de circonstances exceptionnelles.

La participation au concours entraîne irrévocablement l'acceptation par les concurrents du règlement et de toute décision relative au concours prise par le jury.

Le gagnant du premier prix et les ex-æquos éventuels seront prévenus par envoi recommandé. Les autres gagnants recevront leur prix par la poste.

Le gagnant du premier prix accepte de par sa participation que ses nom, adresse et photo soient publiés à toute fin publicitaire dans le cadre de ce concours.

Le premier prix sera remis à l'occasion de l'épreuve finale.

Le participant qui le désire, peut se faire aider pour répondre aux questions du concours par un libraire ou un responsable d'un rayon librairie d'une grande surface. Dans ce cas, il mentionnera l'identité de cette personne, permettant à celle-ci de gagner une voiture de marque Volkswagen Jetta CL 4 portes, 1272 cm^3, 55 CV din, dans l'hypothèse où le participant gagnerait le premier prix.

Si le gagnant du premier prix n'a pas indiqué le lieu d'achat de son album, le prix libraire sera offert au libraire renseigné par le premier gagnant suivant (c'est-à-dire le second, ou à défaut, le troisième, etc...).

La participation au concours implique l'adhésion au présent règlement.

Aucune information complémentaire ne sera fournie, ni par lettre, ni par téléphone concernant ce concours.

En ce qui concerne l'épreuve finale, les frais de voyage et de séjour des gagnants ne sont pas pris en charge par les organisateurs.

A la remise des prix, les gagnants seront tenus de justifier de leur identité. Au-delà d'un délai de deux mois passé la date de l'épreuve finale aucune réclamation ne sera examinée.

La S.A. Marsu-Productions se réserve le droit d'écourter, de prolonger, de modifier, de reporter ou d'annuler le présent concours dans l'hypothèse où les circonstances l'exigeraient. Sa responsabilité ne pourrait être engagée de ce fait.

Le texte intégral du règlement du concours peut être obtenu moyennant l'envoi d'une enveloppe dûment affranchie à l'adresse suivante...

FRANCE : Vents d'Ouest Diffusion
31, rue Ernest RENAN
92130 ISSY LES MOULINEAUX

BELGIQUE : PALOMBIA DIFFUSION
42, rue de la Cathédrale
4000 LIEGE

LISTE DES PRIX

1er : une voiture VOLKSWAGEN Jetta CL - 4 portes, 1272 cm^3 - 55 CV din.

2e au 7e : un voyage SABENA à destination des Etats-Unis (New York, Boston, Chicago, Atlanta au choix des gagnants), classe "Economy", valable pour deux personnes pendant un an à partir de la date de remise des billets.

8e au 12e : une peluche MARSUPILAMI (hauteur 110 cm) NOUNOURS.

13e au 22e : une peluche MARSUPILAMI (hauteur 55 cm) NOUNOURS.

23e au 72e : un HOUBALADEUR fm stéréo série limitée.

73e au 123e : un MARSUPILAMI gonflable.

124e au 423e : un MARSUPILAMI vinyl NOUNOURS.

424e au 500e : une bande dessinée MARSU-PRODUCTIONS.

501e au 1000e : un poster MARSUPILAMI.

SABENA
BELGIAN WORLD AIRLINES

NOUNOURS

JOUEZ AVEC LE **MARSUPILAMI** SUR **MINITEL** : CODE **36.15 MARSU**

NUMÉRO DE PARTICIPATION
À RECOPIER SUR LE
BULLETIN-RÉPONSE :

N° 00320406

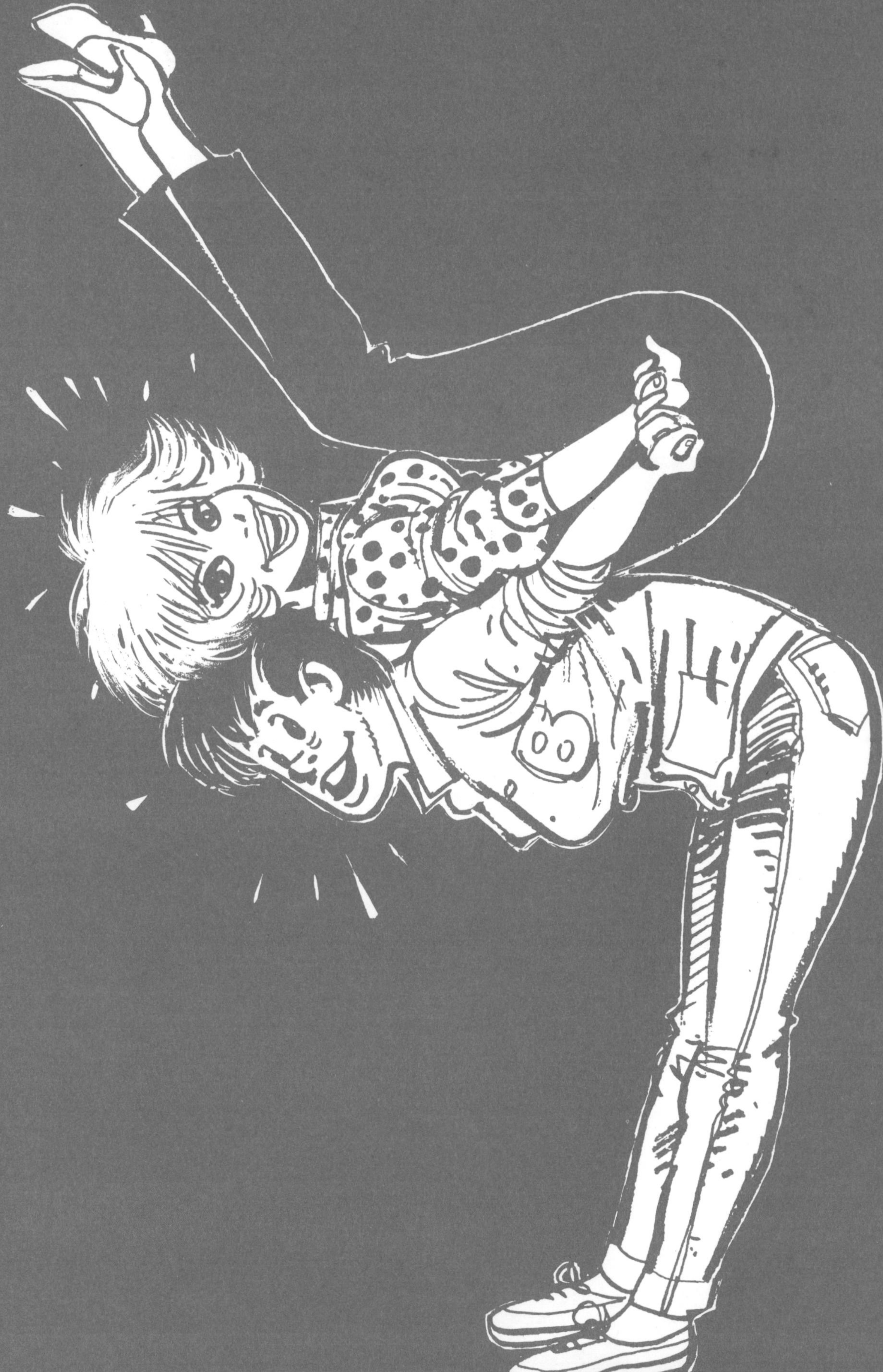